COPÉRNICA

EZEQUIEL MARTINEZ WAGNER

COPÉRNICA

Ilustraciones por Gastón González

Martinez Wagner, Ezequiel
    Copérnica / Ezequiel Martinez Wagner ; editado por Florencia Giralda ; Fiorella Leiva; ilustrado por Gastón González. - 1a ed. - Córdoba : Fey, 2024.
    252 p. : il. ; 21 x 15 cm.

    ISBN 978-631-90192-6-1

    1. Ciencia Ficción. 2. Inteligencia Artificial. I. Giralda, Florencia, ed. II. Leiva, Fiorella, ed. III. González, Gastón, ilus. IV. Título.

    CDD A860

© 2024 Ezequiel Martinez Wagner
© 2024 Ediciones Fey SAS
www.edicionesfey.com

Primera edición: Marzo de 2024
ISBN: 978-631-90192-6-1

Ilustraciones: Gastón González
Diseño y maquetación: Ramiro Reyna

Realizado el depósito previsto en la Ley 11723

*Para mis padres,
que me dieron el regalo
más complejo e indescifrable:
la vida*

Vida: propiedad o cualidad esencial de organismos celulares por la cual evolucionan, se adaptan al medio, se desarrollan y se reproducen.

Vida inteligente: noción de existencia, conciencia sobre sí mismo.

PRIMERA PARTE

Capítulo 1

La humanidad es tremenda. A veces me ponía a pensar y no encontraba la forma de que hubiéramos sobrevivido tantos miles de años sin ningún tipo de intervención divina. En ese preciso instante, por ejemplo, observaba la disciplina cuasi olímpica de hacer filas. La devoción por formarlas era tan palpable que no me cabía la menor duda de que teníamos los días contados como especie por el simple hecho de poner tanto empeño en algo tan absurdo como innecesario.

Es que sí, hacer filas era el origen de todo lo que estaba mal en este mundo. Estábamos condenados al fracaso, y todo por nuestra pasión, nuestra demencia palpitante por formarnos uno detrás del otro. Ese hermoso sendero de cuerpos. Esas curvas, esos empujones. Se nos hacía agua la boca de ver cuán largas podían ser. Y si había que esperar parados, mejor todavía. Éramos adictos.

Estaba sentado en un incómodo asiento de plástico y observaba cómo cargaban combustible a mi avión. Con el rabillo del ojo los vi a ellos, al ganado, al cúmulo de humanos que aguardaba de pie para abordarlo. Todavía faltaban veinte minutos para que empezaran a llamarnos, pero ellos ya estaban ahí. Las puntas de sus pies se movían rítmicamente hacia arriba y hacia abajo, tamborileando la alfombra en un repiqueteo insoportable. Se los veía ansiosos, se preguntaban qué los hacía demorarse tanto para hacerlos entrar. Miraban el reloj; sabían que todavía no era la hora, y así y todo

insultaban. Sacaban pecho al ver cuán primeros estaban en sus respectivas hileras y miraban de refilón a los pobres mortales que se encontraban por detrás. Ansiaban ese único y libidinoso momento en que estuvieran sentados, sus bolsos de mano guardados y vieran pasar la no tan interminable fila de pasajeros a sus costados. La lógica dictaba que si ellos entraban antes, iban a esperar menos. Pero eso no era así, y lo sabían. Su avión no iba a salir ni antes ni después. No es por ser monótono, pero todavía faltaban veinte minutos. Y eso porque el *check in* solo estaba disponible cuarenta y ocho horas antes del vuelo. Estos neandertales eran capaces de acampar días enteros en la fila con tal de entrar primeros.

Suspiré mientras los miraba. Me teletransportaban a esa repetitiva cualidad humana de la que pocos se salvaban. Gente que armaba carpas una semana antes de que empezara el recital, cinco días antes de que se liberara al público la venta de un nuevo teléfono celular, o bien existía también un clúster de seres dispuestos a hacer una fila de dos horas para comer una hamburguesa cuyo precio había bajado un cincuenta por ciento, producto de una estrategia de venta que conocía a la perfección cómo funciona nuestro cerebro simiesco.

Estos entes estaban dispuestos a perder dos horas irrecuperables para gastar unos pesos menos. Estaban dispuestos a perder días para ver a un ídolo unos metros más cerca. Estaban dispuestos a perder algo que parece inagotable: el tiempo.

Desechaban el único recurso irrecuperable con el que contábamos en la vida y, encima, los ridículos se jactaban de su suerte e inteligencia. Amaban ver el tiempo escurrirse entre sus dedos, se excitaban por ello; se sacaban fotos y las enseñaban al mundo con orgullo: dos horas en una fila por un veinte por ciento de descuento, y dos horas menos con tu padre. Dos horas menos de ver

a tu hija crecer. Dos horas menos tomado de la mano de tu pareja. Dos horas menos, y nada que agregar.

No todos le daban el valor que yo le otorgo al tiempo. Lo entiendo, mas no lo respeto. Estábamos condenados al fracaso porque solo le dábamos valor al tiempo —y a todo— recién cuando escaseaba. Y para entonces, solía ser demasiado tarde.

Me pagaron el pasaje para ofrecerme un trabajo. Un trabajo cuya probabilidad de que terminara siendo mío era alta. ¿Por qué? Porque a esa empresa se le acababa el tiempo. ¿Y por qué yo? Porque era el único que podía salvarla.

Capítulo 2

Eva subió al avión y se dio cuenta de que tenía las manos empapadas en sudor. Le habían cambiado el vuelo a último minuto, agregando revoluciones a un corazón ya de por sí pasado de rosca. No le llegaron a dar demasiados pretextos, no obstante, ella prefirió bajar la mirada y acatar otra dificultad más en su larga travesía. Saludó a la azafata, paseó su portafolios de la axila a la mano derecha, de la mano derecha a la izquierda, de ahí lo apretujó entre las rodillas para poder secarse las manos en su fino pero arrugado saco de terciopelo, ejecutó el saludo y volvió a emprender la marcha.

Era la primera vez que volaba y todos a su alrededor lo notaron. Eso la ponía más incómoda; el hecho de ser un mar de emociones, de no poder pasar desapercibida cuando más lo deseaba, era una de sus facetas que más aborrecía. Tomó asiento en cuanto pudo, y no tardó en armar otro aparatoso escándalo para que el cinturón pudiese abrazar su cintura.

Un bucle rubio ceniza que le caía tenso sobre la frente hacía hormiguear su nariz justo donde se anclaba el puente de sus anteojos. Abrió el portafolios sobre su falda y releyó los papeles sin leerlos; se los sabía de memoria. Los ojos se posaban en los contrastes de tinta con el blanco del papel, sus pupilas se movían con nerviosismo como bolas de billar, abría y cerraba los labios en un trance que no tenía pies ni cabeza. Jamás había estado tan

nerviosa. De por sí el hecho de volar ya era un tema, pero el motivo por el que lo hacía era el acmé de su vida entera. O al menos eso creía.

Sin embargo, cada vez que pensaba en ello, fibrilaba de pánico, sus dientes castañeteaban y su piel empalidecía. La aterraba hasta la médula. Años de estudio, años de trabajo. Meses de trabas y burocracias, de hacer las preguntas incómodas, de ganarse un nombre le pesara a quien le pesara, de entrar en escena, de ser evadida y perseguida al mismo tiempo. Siglos de mentiras. Toda una vida abocada a un solo fin: las fichas de dominó estaban alineadas, solo tenía que empujar la primera y ver el mundo prenderse fuego.

La esperaba una entrevista, la entrevista de su vida y, quizás, la entrevista de la humanidad entera. Su misión era incomodar a la persona más importante en todo el planeta. Su objetivo era destruir la mentira más inmensa de la historia.

Todo eso sin perder la vida en el intento, claro.

Pocas horas más tarde, al aterrizar, se enteraría de que el otro vuelo, aquel en el que iba a viajar en un principio, acababa de estrellarse en un accidente en el que abundaban los interrogantes pero escaseaban las respuestas. Todos terminarían olvidándolo con el pasar de los días. Y aquello no era casualidad.

Capítulo 3

—Tome asiento, señor Sydrunas.

Me senté con aplomo. Deposité con lentitud los codos en los apoyabrazos y junté las manos a la altura de mi mentón, refregándolas con suavidad. Solía hacerlo de modo inconsciente, pero esta vez quería incomodar a mi interlocutor. De hecho, no emití respuesta. Ni del clima, ni del vuelo, ni de la empresa. Él tenía que convencerme a mí, no al revés.

—Tremendo día, ¿no le parece? —preguntó después de tomar asiento, acomodándose la corbata por delante de su abdomen—. ¿Cómo estuvo el vuelo? ¿Se le hizo muy largo?

Sonreí.

—Bastante mediocre, la verdad.

—Me alegro. —Sonrió con la boca pero no con la mirada, y omitió por completo mi comentario—. ¿Whisky?

De joven me preguntaba si la oferta de un trago en una entrevista laboral era para aligerar las tensiones, para poner a prueba la cordialidad de aceptar un trago, la irresponsabilidad de consentir el mismo, o si era para que ellos pudieran tener una excusa de beber una copa. Fuera lo que fuese, terminé por rechazarlo.

Las comisuras de sus labios volvieron a tensarse en ambos extremos. Y abrí fuego.

—Si querés, charlemos de trivialidades; pero si es por mí, hablemos de lo que nos convoca. —Hice una pausa. El día en

que el pragmatismo extermine el protocolo, este será un mundo mejor—. Primero me plagiaste y ahora me querés comprar. ¿Qué tenés en mente?

Frey era un hombre apelmazado, serio, de larga trayectoria. Por más que no me gustase ni un poco, sus dichos fueron siempre considerados palabra mayor en el ambiente. No obstante, pocos habían tenido la oportunidad de conocerlo en persona. Su tez oscura absorbía la luz que entraba por la ventana y enseñaba sus poros en forma de delgados alfileres de los que rezumaba un sudor casi imperceptible. Me pareció oír que su estómago daba un vuelco, a pesar de que su rostro permaneciese inmutable en todo momento. Esta vez fue él quien sonrió.

—Al final, es tal cual como todos dicen que...

—Absolutamente —lo interrumpí.

—Perfecto. —Carcajeó—. Entonces le cuento, señor Sydrunas. ¿O Alan? ¿Puedo tutearlo?

—No.

—Mejor así. Le comento, en Sima buscamos un nuevo director de proyectos. Necesitamos darle un lavado de cara a la empresa; la competencia es cada vez más fornida y tenemos que mantener este margen de supremacía que año a año viene achicándose.

Frey me mentía en la cara a sabiendas de que yo estaba al tanto de ello. Sima fue una empresa que por décadas lideró el mercado de los simuladores virtuales. Comenzó con pequeños videojuegos en los que uno podía diseñar a su propia familia, hacerla interactuar en su casa, hacerla ir a trabajar y obligarla a los quehaceres diarios. Una especie de muñecos virtuales para adultos.

Después sentó las bases de la simulación experimental, y así logró las fantasías imposibles de la gente promedio. Ser millonarios. Manejar yates, autos deportivos. Convertirse en astronautas, en

estrellas de rock y en todas las cosas con las que uno sueña de chico hasta que deja de soñar.

La competencia se les acercó, pero lograron dar un brillante volantazo a tiempo. Y digo brillante porque plagiaron las ideas de mi antigua empresa. Se abocaron a lo mundano, a lo ilegal, a lo impensado y burdo. Al crimen. Explotaron lo más arcaico de las personas, sus pulsiones más instintivas: sexo, alcohol, drogas, armas, la posibilidad de matar sin consecuencias reales. Por último siguieron con lo extremo: poderes y habilidades de superhéroes, de mutantes, de deidades. Afortunadamente, fue ahí donde desatinaron a sobremanera. No por la idea, que era rentable de por sí, sino más bien por la calidad del producto. Se quedaron atrás, la competencia los pasó por encima y no tuvieron forma de acercárseles.

Ese «lavado de cara» no era nada más ni nada menos que tirar abajo la empresa entera y empezar de cero. Y si para eso hacía falta arrodillarse ante el programador más codiciado del sistema, bienvenido sea.

Pero no. Yo no estaba ahí para eso. Iba a interrumpir su perorata, al fin y al cabo, el tiempo valía oro para mí, pero me dio lástima. Tal vez, decir esas mentiras en voz alta lograba cierto sosiego en su conciencia, así que solo por eso permití que siguiera hablando. Por compasión.

—Si le tengo que ser honesto, son muchos los nombres sobre la mesa, señor Sydrunas.

—Decime dos, por favor.

—¿Dos? —Se atragantó.

—Contame qué otras dos personas consideraron para el puesto. Me gustaría saber con quiénes compito.

El tiempo valdría oro, sí, pero la diversión a expensas de otro valía casi tanto como el simple hecho de existir.

—Bueno, digamos. —Hizo una pausa y aclaró su garganta—. En realidad, no es algo que yo esté obligado a compartirle.

Como tampoco lo era el hecho de que no habían considerado a nadie más para el puesto. Era su única esperanza, ahora sí.

—Señor Sydrunas —comenzó Frey. Apoyó los brazos sobre el escritorio y dejó recaer ligeramente sus hombros, mirándome casi a través de sus cejas—, no pretendo que me agrade, ni agradarle, y nada me haría más feliz que verlo lo menos posible de aquí al día en que devuelva a mi empresa a donde siempre debió estar.

—¿Y qué te hace pensar que yo vaya a aceptar el puesto?

—Le ofrezco todo lo que necesite. —Volvió a enderezarse y a apoyarse contra el respaldo de su silla—. Tenemos tecnología de primera y expertos ansiosos por aprender de usted, por seguir sus órdenes. Le ofrecemos lujo, autos, casa junto al mar con jacuzzi; todo lo que usted alguna vez creyó necesitar, se lo garantizo. Todo y todos van a estar a su disposición. Le permito hacer lo que quiera, Sydrunas. —Su mirada, en vano, intentó penetrar la mía—. Siempre y cuando, claro, Sima se mantenga en la cima.

Sonrió al pronunciar aquel slogan barato que terminó de hundirlos años atrás. Me dieron ganas de pararme y abandonar el barco. Pero no lo hice.

—Espero no ofenderte al repetir la pregunta, Frey, ¿pero qué te hace pensar que yo vaya a aceptar el empleo?

Antes de que terminara con mi pregunta, él empezó a contestarla.

—Básicamente, que el día del accidente usted quebró, Sydrunas, y Sima es la primera oferta seria que tiene en años. —«Hijo de puta»—. Sus diseños web de los últimos meses apenas le alcanzan para pagarse el alquiler. No tiene familia, sus amigos lo abandonaron y sus empleados le dieron la espalda, lo enjuiciaron

y endeudaron hasta la nuca. Lo único que le queda, hoy por hoy, son proyectos inconclusos y un hambre voraz por llevarlos a cabo.

—¿Qué?

—Estamos a nada de entrar en bancarrota. Me vi venir que los lujos no iban a tentarlo en lo más mínimo, pero no perdía nada al probar suerte. —Se arrimó sobre el escritorio y me habló en voz baja—. Si le soy honesto, no hay un solo programador que se anime a intentarlo con nosotros. Pasamos de moda, la prensa no nos acompaña y los accionistas empezaron a soltarnos la mano —resopló—. Y usted está aquí por algo, no me tome por estúpido. El tren no va a pasar una segunda vez, y ambos sabemos que no va a hacer falta. Porque, corríjame si me equivoco, pero usted ya se subió en el momento en que me atendió el teléfono.

Hijo de puta.

Capítulo 4

Llovía. Todavía faltaban cuarenta y ocho horas para la entrevista.

Eva salió del aeropuerto, infló el pecho todo lo que le fue posible y logró exhalar parte de su nerviosismo. De pronto, un zamarreo de nostalgia por poco la tumba al suelo. Sintió un intenso aroma a tierra mojada inundar sus fosas nasales, una brisa fresca hizo que su cabellera ondulara por su espalda y que se erizaran todos y cada uno de los pelos de sus antebrazos. Percibió la humedad, las diminutas gotas que se agolpaban contra su blanca piel, el sonido de las llantas de los autos que levantaban el agua a su paso y su corazón acelerado por la ansiedad, como preámbulo a la paz que solía invadirla por el simple hecho de contemplar tal paisaje. Sonrió como hacía mucho no lo hacía.

Se puso los anteojos, asió con una mano su pequeña valija, con la otra el portafolios, y se dispuso a pedir un taxi. Dejó su extremidad tendida en el aire un largo rato, aun cuando no fueran taxis los que pasaban frente a ella. Su miopía, ineficazmente corregida por unos lentes obsoletos, hacía que todos los autos fueran simples lucecillas aproximándose o alejándose.

Los minutos comenzaron a pasar y ningún vehículo tuvo la delicadeza de detenerse frente a ella. La llovizna terminó por volverse un chaparrón y su nostalgia se desvaneció en el aire al percatarse de que había olvidado traer un paraguas. Sus dientes se sellaron en malhumor.

Llegó un punto en el que casi no quedaban personas esperando taxis. Eran ella, dos oficiales y un director de tránsito. Pero un destello dorado hizo que su corazón latiera con fuerza. Los faros delanteros la encandilaron; sus pupilas se contrajeron al instante y se le secó la boca: temía que fuera todo un falso espejismo; no quería esperanzarse sin sentido, pero esta vez estaba casi segura. El murmullo del motor sonaba cada vez más cerca y sus párpados se entrecerraron, ayudándola a descifrar la imagen de lo que se aproximaba. Sus dientes, que machacaban el aire, pasaron a formar una hermosa sonrisa. Solo que, en eso, un hombre de piloto negro salió de la nada y se ubicó delante de ella. Sin titubear, alzó su mano.

El taxi frenó junto a él, abrió su puerta trasera y el hombre ingresó. Eva lo vio alejarse, con sus ilusiones partiéndose en mil pedazos. Era un hijo de puta. Machista, misógino y egocéntrico. ¿Dónde había quedado la educación? Sus manos se pusieron rígidas sobre la valija y el portafolios, y sus párpados comenzaron a cerrarse a destiempo, a la vez que la comisura derecha de su sonrisa se tensaba en espasmos que hubieran ahuyentado al monstruo más terrorífico de su infancia.

Sin embargo, el ronroneo del auto alejándose nunca desapareció de su cabeza. Era como si se hubiera quedado atascado en sus oídos en una estúpida jugarreta de su cerebro para hacerla enfadar aún más. Pero el rumor se volvió un rugido, y Eva vio que el taxi daba la vuelta en la rotonda para volver hacia donde se encontraba esperándolo. Dio un giro en U al llegar al final de la calle y paró justo frente a ella. El hombre que le había robado el taxi descendió del vehículo y extendió su piloto sobre la cabeza de Eva. La ayudó a entrar y terminó por guardar sus bártulos en el baúl. Segundos

más tarde, el hombre ocupó su lugar junto a ella y el taxi emprendió la marcha.

—Gracias, supongo —dijo Eva algo desconcertada e incómoda por la idea de estar empapándole el auto al taxista.

—Un placer —respondió el hombre, sacudiéndose las gotas que le habían caído en el cabello. Era un señor casi de su edad, de buen porte, bien rasurado, espalda ancha y brazos trabajados. Su voz era amable, pero Eva seguía furiosa.

—No te costaba nada cederme el taxi. Así nos ahorrábamos esta escena —le recriminó mordiéndose los labios y negando con la cabeza—. Al hotel Sinaí, por favor —indicó al taxista para luego mirar al hombre.

—Yo después sigo para microcentro —acotó, y luego se volvió hacia ella—. Disculpá mi falta de caballerosidad, es que...

—¿Caballerosidad? —resopló—. No seas ridículo, haceme el favor. Sos un imbécil, nada más. —El hombre fue el único que se rio—. La caballerosidad murió con la igualdad de género. Si cederme el taxi te convertía en un caballero, ¿qué pasaría si yo te lo cedo a vos? ¿Me volvería una buena piba? ¿Una mujer muy gentil? —Todos en el vehículo guardaron silencio—. Que se siga usando un adjetivo abarcador de un sinfín de cualidades para destacar cuán mejor es el hombre que actúa de manera correcta frente a alguien supuestamente más débil que él, me resulta nefasto.

—¿Soy un imbécil por hacerte pensar que no buscaba la excusa más idiota para poder compartir un taxi con la increíble Eva Rosberg?

El taxista miró por el espejo retrovisor y sonrió a ambos enseñando una dentadura que, más que una dentadura, parecía un colador. El corazón de Eva se detuvo y no pudo evitar sentir una electricidad

pudenda recorrerla entera. Utilizó todas sus fuerzas para evitar sonreír.

—¿Me conocés? —preguntó mientras miraba por la ventana para ocultar el rubor de sus pómulos.

—¿Que si te conozco? —Su risa la hizo estallar de ternura—. Sueño con esto desde hace años. De hecho, me sorprende muchísimo no estar tartamudeando.

—Pero ¿por qué? —Lo miró a los ojos. Eran color miel—. No muerdo, quedate tranquilo.

—Sí, sí, pero... Perdón, estoy un poco... —meditó en voz alta e hizo una pausa para tomar aire y calmar su agitación interna—. Ser una persona linda es una cosa. Se hereda, y a lo sumo se ayuda con ejercicio, maquillaje y ropa. Ser inteligente requiere un poco de herencia, sí, pero también de formación y de esa chispa interna de cada uno. Ahora bien, ser un ícono en una revolución ideológica es una cosa totalmente distinta, y es algo por lo que yo la admiro, señorita Rosberg.

—Eva.

Ahora fue el hombre quien pareció sonrojarse.

—Gustav, encantado. —Y le tendió la mano. Ella se la estrechó con delicadeza—. Eva, no me tomes por un fanático, te lo pido por lo que más quieras, me muero de la vergüenza.

—Eso intento —lo provocó con una sonrisa.

—Te propongo algo. Te va a sonar medio tonto, pero ¿creés en los milagros?

—No. Deberías saberlo.

—Entiendo. Pero si yo te dijera que existen, que te puedo mostrar uno, ¿te interesaría saber de qué se trata?

Eva ladeó la cabeza de un lado hacia el otro mientras miraba sus ojos dorados, su prolija barba de tres días y su perfecto hoyuelo en

el mentón. Al mismo tiempo murmuró una interminable eme mientras pensaba qué responder.

—Tal vez, sí, puede ser —contestó de mala gana.

El taxi comenzó a aminorar la marcha.

—Puedo convertir el agua en vino.

—No me digas —le contestó mientras buscaba su billetera para pagar al taxista, pero el hombre puso su mano sobre la suya, impidiéndolo.

—Permitime ser gentil y no caballero por primera vez en mi vida. —Ambos sonrieron—. En cuanto al milagro, solo hay una forma de que averigües si digo la verdad o no.

—Y esa forma vendría a ser...

—Te paso a buscar a las ocho. Hay un restaurante acá cerca. Vamos a pedir agua, pero vamos a tomar vino, te lo prometo.

Eva sostuvo su mano sobre la manija de la puerta unos segundos mientras miraba al desconocido. En un exabrupto interno, asintió con la cabeza y se bajó del vehículo. Retiró sus pertenencias y entró en el hotel con los ojos echando chispas.

No recordaba la última vez que se había permitido ser presa de sus impulsos. Si bien su situación requería el mayor de los recaudos en cada una de sus decisiones cotidianas, dejarse llevar de tanto en tanto la hacía sentir bien. En parte porque eran los únicos momentos en los que podía relajar su mente y no pensar demasiado en las consecuencias de sus acciones, y en parte porque era en aquellas instancias en las que por fin se sentía dueña de su propia vida.

A pesar del furor de la situación y de su excitación interna, ya en su cuarto, el cambio horario hizo de las suyas y no pudo evitar quedarse dormida en la cama.

Un trueno la hizo despertar de un salto. Casi se infarta. Tardó muchísimo en asociar la explosión con una cuestión climatológica. Donde vivía, las tormentas eléctricas eran casi tan esporádicas como la honestidad en los políticos. Aguardó incorporada sobre el colchón a que su corazón calmara sus revoluciones y a que sus ojos se acostumbrasen a la oscuridad de la habitación. Aún atontada, miró su reloj para tratar de ubicarse en tiempo y espacio. Eran casi las ocho, se había quedado dormida. Prendió el velador de la mesita de luz y lo vio tintinear de una forma extraña por unos segundos. Quiso salir de la cama como una bala para cambiarse, pero no lo hizo. Justo en ese momento, justo al activar el interruptor y hacer que la habitación se llenara de luz, se percató de que al lado del velador yacía un sobre con su nombre.

Ese sobre no estaba ahí cuando se había ido a dormir.

Lo abrió, con dudas acerca de si se encontraba despierta o sumida en un sueño vívido. Leyó las pocas palabras que habitaban en el interior de la carta y empalideció.

Mantenete con vida las próximas 48 horas
Van por vos.

Sonó el teléfono.

Capítulo 5

Sima era un lugar interesante. El polo opuesto a mi antigua empresa. Drunastech se trataba de un antro oscuro y desordenado que se parecía más al cuarto de un adolescente que a una empresa de programación. Pero más allá de la escasa higiene y de que los tenía a todos contratados de manera informal, venían personas de todo el mundo a trabajar con gusto. La mitad de ellos eran inmigrantes flojos de papeles; teníamos dos chinos que no manejaban el idioma y un señor de unos ciento catorce años que vino con el edificio. Nadie supo jamás qué hacía en la empresa, ni tampoco nadie se atrevió jamás a preguntarle.

Sima, en cambio, brillaba. Literalmente. Techos altos, ventanales inmensos que dejaban pasar muchísima más luz de la necesaria, paneles que mostraban todos los éxitos de los últimos años, pequeños robots que limpiaban los suelos sin descanso. Todo relucía, todo parecía recién barnizado, como si yo fuera el emperador y todo debiese estar en perfectas condiciones para mi llegada. Como si me importara.

Ese brillo, sin embargo, era opaco. En Drunastech, el olor a transpiración era moneda corriente; y casi que llegué a considerarlo un sinónimo de éxito. Pintamos las ventanas de negro para no distinguir el paso de las horas y permanecer enfocados. El chico del *delivery* pasaba cada ocho horas a dejar unas pizzas, recibía su paga, no hacía ningún comentario y se retiraba. Hasta llegamos a

armar torneos de FIFA semanales: el trabajo frenaba en el momento en que a uno le tocaba jugar un partido. El vencedor se quedaba con las porciones de fainá.

Así y todo, ahí mismo estaba la magia. Entre tanta inmundicia solo quedaba lugar para la eficiencia, para la genialidad. Nada de apariencias, mundo exterior o distracciones. Cualquier pasante lo hubiera dado todo por un día en Drunastech. Pero ahora la situación era completamente distinta, porque estaba a punto de ser presentado a mi ejército de clones, a punto de pedirles algo que seguro no se esperaban. Hacía tiempo no sentía algo similar al nerviosismo.

—Gracias por estar todos presentes en esta reunión —irrumpió la voz sonora de Frey en un improvisado atrio—. No quiero hacerles perder mucho tiempo, pero llegó el día. Sima por fin está por dar el salto de calidad que todos esperábamos. Somos una familia destinada al éxito, y muchas veces eso hace que tengamos que asumir fracasos para ejecutar con rapidez los cambios necesarios. Por eso los cité aquí, para informarles del cambio más importante que haremos en la próxima década: la contratación de Alan Sydrunas como nuestro nuevo director de proyectos.

Inflé el pecho para recibir los aplausos, preparé mis tímpanos e incluso entrecerré los párpados, pero no voló una mosca. El silencio fue sepulcral. Tampoco era que esperaba una ovación, pancartas y peluches con bombachas volando por los aires, pero alguna mueca de asombro o aprobación hubiera sido suficiente.

—Él sabrá contarles mejor que yo los cambios por venir. Lo único que les pido es que le transfieran la confianza que me tienen sin pensárselo dos veces.

—¿No será demasiada? —preguntó con ironía una voz desde el fondo, y todos carcajearon. Eran casi quinientas personas.

—Ordoñez, lo espero en mi oficina.

Y todos volvieron a reír.

—Ordoñez —intervine dando un paso al frente—, luego de pasar por la oficina del presidente, pase por la mía. Lo espera un ascenso.

La ovación se hizo esperar, pero llegó. En un principio pensé que era para mí, pero segundos más tarde, al ver a Ordoñez ser revoleado por los aires, acompañado por cánticos y aplausos, me di cuenta de la cruda verdad.

Frey me miró de reojo en una mezcla de enojo y sorna. No sería fácil, pero al carajo, para eso vine. Solo restaba lo más difícil: convencerlos de una idea por la cual lo perdí todo y por la cual estaba dispuesto a perderlo todo de nuevo.

Dios existe.

Capítulo 6

El teléfono volvió a sonar. La carta temblaba en sus manos mientras sus ojos leían y releían las dos líneas, una y otra vez. Su brazo se movió hacia el teléfono por voluntad propia y lo descolgó.

—Señorita Rosberg, la llamo desde recepción, disculpe que la moleste. Un tal Gustav pregunta por usted.

Resopló con alivio. Hizo un bollo con la carta y la tiró a la basura.

No era la primera vez que la amenazaban, ni tampoco sería la última. Y eso no era más que un buen augurio: cada amenaza nueva significaba un paso en la dirección correcta. Significaba que su trabajo ponía nerviosas a las personas indicadas, y nada le daba más satisfacción que saberse una piedra en muchos zapatos.

Su investigación ponía en jaque a las personas más poderosas sobre la Tierra. Su descubrimiento era capaz de destruir al mundo tal y como lo conocían: Dios no existe. Y estaba dispuesta a morir para demostrarlo.

Pero no podía hacerlo hasta que todo saliera a la luz. Sabía que no era intocable. Eludía la muerte cual torero a la cornada y prefería no tentarla demasiado. No hasta que su verdad fuese escuchada por todos.

Pocos minutos después, bajó por las escaleras y se encontró con su cita, quien la esperaba de traje, sosteniendo un ramo de rosas entre sus manos. No sabía si escapar aterrada o más bien aceptar el gesto con ternura.

—No te espantes —explicó Gustav al verla acercarse, como si le hubiera leído la mente—. Realmente no me acuerdo de la última vez que invité a una chica a salir, y ya no tengo ni la menor idea de qué se hace y qué no.

—¿Por casualidad la invitaste a salir hace sesenta años?

El hombre se sonrojó y estuvo a punto de arrojar las rosas en un cesto cercano, pero Eva estiró sus manos, impidiéndolo.

—Son hermosas —le dijo arrebatándoselas con delicadeza—. Yo no me acuerdo de la última vez que alguien hizo algo así por mí, así que estamos a mano. Gracias.

Gustav sonrió y Eva se tomó el abdomen para calmar las mariposas. Ese hombre lanzado y extrovertido del taxi ahora parecía un niño, inexperto y tímido. Estaba muy bien perfumado y más arreglado que ella. Pero no importaba, quien debía impresionarla era él, y no al revés. Y lo cierto era que había empezado con el pie derecho.

Temió que al salir del hotel, una limusina, un carruaje arrastrado por caballos o bien una góndola flotando en una piscina remolcada por un camión, estuviese esperándola. Pero nada de eso los encontró al salir. Por el contrario, Gustav le ofreció el brazo y con la otra mano hizo un ademán hacia el cielo. Misteriosamente, no llovía.

—La noche está divina, Eva. ¿Caminamos?

Temerosa, asintió. Gustav podía ser un mujeriego que cambiaba de la timidez al profesionalismo en cuestión de segundos o tal vez ser un simple pero codiciado diamante en bruto al que tan solo le faltaba alguna que otra pulida para que brillara con todo su esplendor. Eva aceptó su brazo y se dispuso a caminar por las calles con un calor que ascendía y descendía de su rostro al estómago de

una forma vertiginosa. No sabía bien ni cómo ni por qué, pero tenía muy en claro que esa noche sería para el recuerdo.

Las trivialidades que gobernaban la caminata iban decoradas por una connotación sexual casi imperceptible pero evidente para el ojo avezado. Una sonrisa de más, una mueca, una respiración exagerada, un roce inadvertido; todo formaba parte de un cortejo tan imperioso como redundante.

Ninguno de los dos quería ir a cenar. Era innecesario hacerlo cuando ambos sabían muy bien cuál iba a ser el desenlace de la noche. De hecho, lo único que podía lograr la cena era arruinar las expectativas que tenían el uno del otro. Se consideraban atractivos, inteligentes, interesantes, ¿hacía falta algo más para poder continuar la velada debajo de las sábanas? ¿Y si en el restaurante alguno evidenciaba algo inaudito y deserotizante? ¿Qué si agarraba el tenedor por el lomo en vez de por el mango? ¿Y si masticaba con la boca abierta? ¿Qué si le ponía sal en vez de azúcar al pastel de papas?

Una cena lo complicaba absolutamente todo, era una invitación al fracaso, y Eva ya se había comprometido a dejarlo postrado en una cama por un par de días. No iba a tolerar que algo arruinara sus planes, de modo que durante uno de los roces entre sus manos, lo agarró con fuerza y lo introdujo en un callejón, para luego empujarlo contra la pared y besarlo con fuego en los labios.

Los diminutos pelos de su barba de tres días le dieron un toque de aspereza al beso, pero al mismo tiempo lograron provocarla de una manera que ella misma desconocía. Sus fuertes manos treparon por sus muslos para aferrarse a sus nalgas y Eva se contorsionó con excitación sobre su cuerpo. Sintió la bajada de tensión de los faroles que los iluminaban, pero ni se percató de que alguien los observaba.

—¡La plata! ¡Ahora!

Abrió los ojos, vio el cañón de un arma apoyado sobre la sien de su cita y se le paralizó el mundo.

Gustav, por el contrario, mantuvo la calma. La miró a los ojos y con una mueca le indicó que se quedara tranquila, que lo tenía todo bajo control. Eva asintió con la cabeza y trató de ocultarse detrás de su hombre.

—Nadie tiene que salir heri...

—Cerrá la boca que te agujereo la cabeza, ¿me escuchaste? Ahora dame la plata, rápido. ¡La plata, dale!

Gustav llevó su mano con lentitud hacia el interior del saco y asintió en todo momento con el único objetivo de evitar exabruptos. Eva temblaba de pánico, no se había movido un solo milímetro en los últimos segundos. En un parpadeo, sintió que algo le salpicaba el rostro.

Su cerebro tardó en procesar el ruido del percutor, el del gatillo y el de la detonación del disparo. Vio el cuerpo de Gustav caer frente a ella y entendió que le acababan de volar los sesos frente a sus ojos.

Capítulo 7

Programé una reunión para el día siguiente. Quería a todos los jefes de cada sector sentados en una mesa redonda. Y a Ordoñez también, ya que estábamos, claro. Era hora de comentarles qué necesitaba de ellos, de comprometerlos hasta la piel, de hacerlos sentir la camiseta del proyecto y saber que, una vez embarcados, ya no habría vuelta atrás. El salario pasaría a ser el incentivo más insulso y la camaradería un lujo al que acceder si teníamos suerte. Lo más importante sería el orgullo de formar parte de un cambio trascendental para el mundo de los simuladores, y por qué no, para la humanidad entera.

Pasaron en fila como robots, con una puntualidad que me hizo estremecer un poco. Alguno que otro me hizo una suerte de reverencia en forma de saludo, más de uno evitó mi mirada y Ordoñez me guiñó un ojo tras darme una palmada en el hombro.

Tomaron asiento y aguardaron a que emitiera palabra. Eran quince en total: jefes de programación, arte y diseño, musicalización, efectos especiales, logística, física, mapas y escenarios, personajes, historia, diálogos, actores, publicidad y *marketing*, ventas, legales, y Ordoñez. Varios de los sectores se suprimirían y se crearían nuevos, pero la idea general era que todos mantuvieran sus trabajos.

Permanecí sentado en mi sillón, que era sustancialmente más grande y acolchonado que el de los demás, y los miré uno por uno con las manos entrelazadas frente a mi mentón. Me divertía

ver sus distintas maneras de soportar la tensión. Siempre me desviví por identificar y disecar esas pequeñas e ínfimas reacciones cual anatomista. Encontraba sorpresa en el miedo, excitación en el desafío, malicia en el desinterés. Y todo con simples contracciones de diversos músculos que generaban movimientos casi imperceptibles en las cejas, los labios, las aletas de la nariz, el ceño, los párpados. Todo aquello facilitaba y complicaba mi trabajo: era muy bueno en él, pero también demasiado obsesivo.

—Hola, equipo. —Me presenté poniéndome de pie, pateé mi sillón hacia un costado y acerqué una silla igual a la de ellos—. Sepan disculpar. —Volví a tomar asiento—. Creo que no hace falta presentarme, pero por si alguno anda en una nube cósmica, mi nombre es Alan. Me pueden llamar así, no tengo ningún problema. De hecho, me gustaría poder ir conociéndolos en estas semanas.

No. Yo no era así de simpático, pero la experiencia me demostró que las personas seguían rigiéndose más por las apariencias que por las esencias. Tarde o temprano se caería mi fachada, pero por el momento, la idea era que estuvieran tranquilos y contentos.

—Salvo a vos. —Señalé a un calvo de bigote y anteojos—. ¿Vos sos de legales? —El hombre asintió, petrificado—. Vos, afuera.

El hombre se levantó sin protestar, tomó sus cosas y se retiró refunfuñando. Seguramente iría a la oficina de Frey. No me gustaban los abogados y poco tenían que hacer en mi mesa. Pero tardé en darme cuenta de que todos los que tenía alrededor me miraban inquietos.

—Relajen, estamos mejor sin él —dije una vez que cerró la puerta de la oficina detrás de sí—. No me interesa echar a nadie, pero tampoco me gusta tener más gente de lo estrictamente necesario. En especial porque lo que estoy a punto de comentarles es confidencial.

Las caras de alivio se interrumpieron por otras de súbito interés. Ordoñez levantó la mano.

—Sí, Ordoñez.

—Al... Alan —se corrigió—. Puedo decirle Al, ¿no?

—No.

—Alan, ¿podremos meter un *casual friday*?

Noté alguna que otra sonrisa y varias mandíbulas tensarse ante la provocación. Otros, los más sensatos, se rompían la cabeza por entender qué carajos hacía Ordoñez sentado en esa oficina junto a ellos.

—Me importa tres belines cómo se vistan. Si es por mí, vengan en ojotas y traje de baño todos los días, pero vengan.

Ordoñez resopló de alivió y buscó que el de al lado le chocara los cinco. Hao, de física, lo miró con recelo e intentó bajarle la mano sin hacer demasiado aspaviento.

—¿En qué estábamos?

—Nos iba a comentar sobre el proyecto que tiene en mente, señor Sydrunas —dijo Tonini, una mujer rubia de cabellera larga y ondulada, con anteojos redondos que ocultaban unos hermosos ojos claros.

Apoyé mis codos sobre la mesa y volví a entrelazar mis manos. Respiré hondo. Era la primera vez que iba a comentarlo con alguien que no fuera...

—Hoy les voy a contar sobre algo en lo que llevo años trabajando. Se llama Copérnica, y espero que les interese. —Meneé ligeramente la cabeza y agregué—: En principio, porque no les va a quedar otra opción que trabajar en esto, así que lo mejor es que estén bien predispuestos.

Todos guardaron silencio. Me puse de pie y no pude evitar comenzar a caminar alrededor de la mesa.

—A ver, ¿a quién le gusta ir al cine?

Se miraron extrañados. No era una pregunta tan difícil; si así empezábamos, no quería ni imaginar cuán larga se iba a tornar esa mañana. Pero no tardó en elevarse en el aire alguna que otra mano con timidez. Resoplé con alivio.

—Bien, empezaba a tener miedo de lidiar con subnormales. A todos nos gusta el cine; los que no levantaron la mano empiecen a replantearse la vida. —Se escuchó una risa camuflada en un tosido—. ¿Y a quiénes les gustan los libros?

Esta vez, con mayor confianza, varios alzaron sus manos. Relajé los hombros.

—Entiendo que el cine tenga más adeptos que los libros. Si bien un poco me decepciona, no quiero que se queden con eso, sino con el hecho de que les gustan las películas y los libros. Les gustan las narraciones.

Asintieron sin disimular su ansiedad. Querían que cerrara el gigantesco rodeo para que llegara al punto de una vez por todas. Pero el preámbulo era necesario, jamás iban a aceptar formar parte de esto si me proponía a explicarles Copérnica en tan solo dos oraciones.

—Así y todo, acá están, en la que supo ser la mejor empresa de videojuegos, la pionera en simulación, lo mejor en entretenimiento. Un entretenimiento bastante particular que, si lo piensan bien, dista mucho del que nos ofrecen los libros y las películas. No porque sea mejor o peor, sino porque es conceptualmente distinto. Es un entretenimiento en el que, a pesar de que muchas veces haya una línea que dirija al juego de comienzo a fin, el jugador incide en esta y se siente partícipe; descubre que por él y su habilidad, la historia avanza. Que gracias a su esfuerzo el personaje sufre, ama, disfruta

y, probablemente, muera como en casi todos los videojuegos que alguna vez valieron la pena.

»Así es como surgió Sima. Su objetivo fue darle un giro a la participación del jugador, cuya única injerencia era la de apretar el acelerador en la narrativa. Sima ofreció múltiples líneas, ofreció un volante con el que tomar decisiones. Con el surgimiento de los simuladores y los mundos abiertos, se dio libertad al jugador. No solo se lo hizo partícipe, sino que además se logró un grado de inmersión nunca antes visto. Uno podía decidir a dónde ir, con quién hablar, a quién matar, a quién robar, a quién amar, con quién jugar, y tantos etcéteras que no me alcanzan los dedos de las manos para enumerarlos. La simulación dio alas al jugador, y el problema es que, después de tantos años, estas comenzaron a perder sus plumas.

—Eso no es así —dijo Mineo, de publicidad. El hombre tenía los puños apretados.

Un mequetrefe. Pelele de Frey y acérrimo defensor de la empresa desde su surgimiento.

—Mineo —el hombre se sobresaltó al ver que sabía su nombre—, usted no va a venir a decirme a mí cuál es la realidad de la simulación en el mercado actual. ¿Por qué se le ocurre que estoy yo acá parado?

—La competen...

—La competencia es muy poderosa: monopolizan las patentes y roban empleados estrella. —Terminé la oración y lo miré desde la otra punta de la oficina—. ¿Me olvidé de algo? —Sus ojos echaban fuego—. Todo verso, Mineo. Sima es una cagada desde hace ya cinco años. Pero tranquilos, no es culpa de la empresa: la simulación tiene los días contados. Al menos, el tipo de simulación al que estamos todos acostumbrados.

«A ver qué salvación tiene para ofrecernos el mesías Sydrunas», más de uno debe haber pensado. Ya me iban a dar la razón.

—Cuando lo nuevo aburre, cansa o asfixia, ninguna brisa es más fresca que la de lo *vintage*. Lo retro salvó empresas incontables veces a lo largo de la historia. Volver a las raíces es un cambio de fachada necesario para tener otro punto de partida sobre el que edificar cuando la rama sobre la que todos trepan ya se encuentra por colapsar debido al peso que desde hace tiempo soporta. —Tomé aire, había sido una oración muy larga—. Quiero que Sima sea la primera en reiniciar el entretenimiento, en lograr ese nexo con lo que tanto amamos del cine y de los libros, dos potencias que jamás pasaron ni van a pasar de moda, para que logremos así una familia de videojuegos única en su especie.

—¿Volver a lo lineal? —preguntó alterada la señorita Svenson, de diálogos. Una mujer rechoncha y simpática por donde se la viera—. Permítame discrepar, señor Sydrunas. Usted mismo lo dijo, el mundo abierto dio alas al jugador; ¿cómo piensa atraerlo cerrándole todas las puertas que solía tener abiertas?

—Hace rato la gente dejó de comprar juegos por lo que podía llegar a hacer en ellos. Ese entretenimiento dura apenas unas semanas, y lo sabemos todos. Incluso ellos, a pesar de lo idiotas que pueden llegar a ser. La verdadera compra que termina por valer la pena es esa en la que la historia es buena. Por eso vamos al cine o leemos novelas, por la historia. Amamos que nos relaten cuentos jugosos y carnosos, relatos que nos hagan levantar la mirada para meditarlos, que nos den ganas de contarlos a otros, para así perpetuar una historia que merece ser contada una y mil veces. Entiendo que suene arriesgado, pero para eso me contrataron. Sima necesita otra perspectiva, y esta es la última carta que le queda por jugar.

—¿Y cómo se supone que mezclemos la simulación con una historia lineal? —siguió Mineo—. Son dos cosas que nacieron para estar separadas, nadie querría jugar algo así.

—Para serte honesto, no creo que haya jugadores en este proyecto. —Los ceños fruncidos no se hicieron esperar; sus pechos convulsionaban pavorosos—. Va a ser el primer juego en el que solo podamos ser espectadores. Copérnica va a ser autónomo, y les puedo asegurar que nos va a atrapar a todos en el epicentro de su huracán revolucionario.

Algunos cerraron y guardaron sus cosas con la intención de retirarse de la reunión —y, probablemente, de Sima— en cuanto tuviesen la oportunidad. No querían arrojar a la basura meses que podrían llegar a serles útiles en otro sitio. Y lo cierto era que me importaba muy poco si creían que había perdido la cabeza. Me dejaba tranquilo que, entonces, Frey podría perder aún más por haberme contratado. Pero el moreno confiaba en mí, y yo haría valer su coraje por intentarlo conmigo.

—Antes de que me quemen en la hoguera o escapen despavoridos, les propongo un desafío. Si son tan buenos como dicen que son, tan capacitados, tan brillantes... —Hice una pausa—. ¿Qué me dirían si les pido que programen una inteligencia artificial?

Capítulo 8

Para cuando Eva volvió en sí, el asesino ya no estaba. Lo que quedaba de Gustav se encontraba desplomado en el suelo, y la sangre bañaba sus tacos en una última caricia. No fue capaz de gritar. El miedo la paralizó y la dejó arrodillada junto a su amante. Se sintió en una de esas pesadillas en las que, por más que intentara gritar, no hubiera sido posible.

Lágrimas desbordaron sus ojos, hilos de saliva tejían puentes entre sus labios sorprendidos y el instinto de supervivencia le trepaba por la garganta. Debía mantenerse fría; iban por ella, la carta intentó prevenirla. Sus pupilas se dilataron, su boca se secó y trató de mantener la compostura.

Se acercó a Gustav una última vez en un macabro e inconsciente intento de evaluar los daños, de soñar con que tenía posibilidades de seguir con vida. Al girarlo, la destrucción misma empañó su mirada. Pero algo más terminó por sobresaltarla.

Un golpe metálico que chocó contra el asfalto la hizo dar un respingo. La mano de Gustav, que segundos atrás había estado decidida a buscar en el bolsillo de su saco, tal vez, una billetera, cayó en seco con un arma lista para ser disparada.

Por eso lo habían matado.

Eva dio media vuelta con las manos que le temblaban y emprendió la marcha hacia el hotel. Sus tacos martillaban la acera como truenos en una noche que de pronto se volvió silenciosa,

oscura y desértica. Lo único que quería era llegar cuanto antes a su habitación, para no darle oportunidad a quien fuera que la estuviese siguiendo de que cumpliera su cometido.

Aceleró el paso lo más que pudo, con la cabeza que le latía y la paranoia aferrada a su espalda cual garrapata. Tenía que llegar antes de que la encontraran, tenía que llegar.

Sin pensarlo demasiado, paró un taxi y le ordenó dar un sinfín de vueltas antes de parar en el hotel. Nunca se le ocurrió detenerse en la comisaría, llamar a la policía, o lo que fuera que la expusiese a los medios. No había nada peor que manchar su nombre con un asesinato, justo dos días antes de la entrevista más importante de su vida. Sonaba frío, y ella no solía ser así, pero, de ser necesario, Eva se convertía en un témpano con un simple abrir y cerrar de ojos.

Llegó al hotel, subió a su habitación con el corazón saliéndosele por la boca y cerró la puerta detrás de sí con violencia. Se quedó de espaldas a ella, concentrada en recuperar el aire.

El cuarto estaba a oscuras y, sin saber muy bien por qué, aquello le daba cierta tranquilidad. Temía prender la luz y encontrarse con el asesino o con una carta nueva. Así como estaba, se encontraba muy bien. Pero debía afrontar la realidad. Debía prender el interruptor de la pared y tomar la muerte por las astas o aceptar la vida como un regalo.

La luz se encendió y sobre su cama encontró una bolsa fúnebre. Sintió un frío asfixiante en la espina dorsal. A un costado de la bolsa vio una carpeta negra.

Se acercó poco a poco; su corazón volvió a latir desenfrenado. Dentro de la carpeta se materializó un informe completo de ella: sus vínculos, su ciudad natal, sus gustos, su vuelo, sus reservas; todo. Hacia el final, había una hoja escrita a mano. En ella estaba la

dirección del hotel, de una florería y la del restaurante al que se suponía que iría con Gustav aquella noche.

Ahí lo entendió todo.

El ladrón no había matado solo a Gustav. El ladrón, sin proponérselo, acababa de salvar su vida.

Capítulo 9

Me miraron como si les hubiera hablado en otro idioma. Sus ojos abiertos como ostias, sus labios apretujados hacia un costado, y los dedos de sus manos que hasta hacía poco repiqueteaban impacientes sobre la mesa ahora se encontraban rígidos y congelados en el aire. Incluso Ordoñez permaneció en silencio. Los tenía donde los quería. Cuando el orgullo se hiere, hasta el más sensato redobla la apuesta.

—¿De qué tipo de inteligencia artificial hablamos? —preguntó uno.

—¿Y para qué? —se sumó el de al lado.

—¿No es lo que hicimos todos estos años?

Si no intercedía de inmediato, los interrogantes brotarían cual volcán en erupción. Faltaba la estocada final, los necesitaba en el equipo.

Chasqueé la lengua.

—No. —Los miré desafiante—. Sus simuladores son simples algoritmos diagramados para lograr tal o cual resultado. Hay un esquema de fondo, un esqueleto, una pared y un techo. Eso no es inteligencia artificial, eso es un intento de narración berreta.

De nuevo guardaron silencio. Se miraban entre ellos desorientados; no sabían si seguir tildándome de lunático o aceptar el reto y ponerse a trabajar en él en cuanto se los permitiese. Pero

aún tenía que hacerlo más creíble, necesitaba que ellos entendieran qué era lo que necesitaba de sus cráneos.

En eso, Bostrom, el jefe de programación, salió al cruce.

—Y si eso no es inteligencia artificial, ¿qué lo es? —Se acomodó los anteojos; era un hombre serio y gallardo—. Sepa disculpar la interrupción, pero ¿no hablamos de programas capaces de crear una suma gigantesca de variables de interacción social, todas interrelacionadas y cada una de ellas determinando a la siguiente en una vasta e incalculable red de causa y efecto?

Punto para el programador.

—Exacto, Bostrom. Exacto. —Lo felicité con una amplia sonrisa—. Pero te hago una pregunta, ¿a vos te parece que los productos de Sima representan algún ínfimo porcentaje de lo que vos acabás de describir? —No respondió—. Sima y todos los simuladores que existen tienen una clara limitación, una pared invisible que nosotros mismos nos encargamos de levantar para poder mantener el juego contenido en un espacio manipulable. Carecen de algo básico para lograr lo que les pido: libertad de variables.

Los escuché murmurar, los vi revolear los ojos, alguno que otro se aclaró la garganta y un sinfín de preguntas se embrollaron en sus lenguas por el temor a enunciarlas.

—No entiendo —dijo Palumbo—. ¿Qué ganamos creando inteligencia artificial? ¿De qué forma se supone que algo así nos ayude con una empresa de videojuegos?

Su inquietud no ocultaba en absoluto su arrogancia. Quería hacerme quedar mal, estaba empecinada en ponerme piedras en el camino.

—¿De qué forma? —me reí—. Por años hicieron juegos con mundos abiertos en los que cada jugador elige cómo jugarlo. ¿Pero

me equivoco si digo que todos nuestros esfuerzos están abocados a una sensación de libertad y no a una libertad en sí misma?

Palumbo enarcó sus cejas. Era una mujer bajita, de ojos verdes y pelo grisáceo que teñía cuando podía. Era la encargada de la logística. Un hueso duro de roer, pero un arma valiosa en caso de contar con ella. No podía perderla.

—No lo sigo.

—Estos juegos, ¿cuántos finales tienen previstos? —Y sentí el silencio aplacarla—. ¿Uno? ¿Dos? ¿Tres, como mucho?

—Pero...

—¿Hay alguna forma de escapar a esos finales? Les damos una infinidad de ramificaciones sobre cómo jugar, pero todas desembocan en el mismo río. ¿Por qué no crear un juego con un final para cada jugador? Desenlaces que dependan enteramente de las elecciones previas, aprendiendo sobre cada decisión con un resultado único e irrepetible. Un juego basado en la inteligencia artificial.

—Pero no tenemos ni los medios, ni la formación, ni el tiempo, ni el dinero. Excede completamente a una empresa de videojuegos.

—A eso quería llegar. —Hinché el pecho. Sonreí—. Ahora que tengo su atención, quiero comentarles algo que recién le voy a comunicar a Frey cuando esté seguro de que cuento con el apoyo de ustedes. Porque creo que la única forma de salvar la compañía es convirtiéndola en un centro de desarrollo informático. Como dice Palumbo, todo esto excede a una empresa de videojuegos. Y estoy convencido de que tiene razón. Porque si logramos crear inteligencia artificial, no solo vamos a tener los mejores videojuegos de la existencia, sino también el arma más poderosa sobre la Tierra.

Palumbo esbozó una sonrisa y algunos del fondo cuchichearon cosas inentendibles, pero Bostrom me miró con seriedad mientras se acomodaba los anteojos.

—Asumo que lo dice en sentido figurado —se animó Hao.

Lo pulvericé con la mirada y el asiático bajó la cabeza.

—La inteligencia artificial es la base del futuro. Se dice que la robótica va a dejar sin trabajo a los humanos, salvo a aquellos que se encarguen de programarlos. Cuando llegue ese día, ¿de qué lado van a querer estar?

Y esa provocación sí surtió efecto. Hao era un hombre respetado en la empresa, su comentario fuera de lugar me dio el pie para desautorizarlo y sembrar la única recompensa por la que me dedicarían todas las horas que les pidiese: el poder.

Pero Palumbo seguía dubitativa.

—Perdón... —Levantó la mano.

—Te escuchamos —suspiré.

—Nada de eso quita que no tengamos los recursos para...

—No. No todavía —la interrumpí, y les guiñé un ojo.

Cejas se levantaron con sorpresa y alguna que otra sonrisa tímida desdibujó el escepticismo sobre la situación.

Miré fijo a Ordoñez y lo señalé.

—Ordoñez, tu tarea es reunir a los cinco mejores piratas de la empresa y diagramar un pequeño equipo de *hackers*. Van a estar a disposición de todos los otros sectores del proyecto y no les va a quedar otra que acceder a todo lo que se les pida. Tienen que ser rápidos, eficientes y sigilosos. No pueden quedar rastros de sus chanchullos; lo último que necesitamos es un retraso por problemas legales.

Los ojos de Ordoñez se barnizaron de felicidad.

—Contá conmigo, papá. —Y se golpeó dos veces el pecho para después señalarme.

—Nadie en la empresa puede saber quiénes son, solo van a llegar a ellos a través de vos.

Mineo se encolerizó.

—¿Pero usted qué pretende? —Su cuello parecía a punto de estallar—. ¿Cómo se le ocurre manchar así el nombre de esta empresa?

—Empresa que, tiempo atrás, no dudó en robarme ideas y cuyo nombre, hoy por hoy, deja mucho que desear. —Me miró atónito—. Necesitamos una base de datos, algoritmos de conversación, acción-respuesta, formas de expresar sentimientos y todo lo que pueda llegar a ser imprescindible para lograr un esqueleto de relaciones sociales.

—Big data, un golpe a Google, Facebook, Instagram, Tik Tok y Tinder. Dalo por hecho —dijo Ordoñez poniéndose unos lentes que no sabía que usaba. Lo anotó todo en una libretita con un lápiz, que luego ubicó sobre su oreja—. ¿Qué más?

—¿Esto en serio está pasando? —volvió a preguntar Palumbo, pasmada.

—Palumbo, es la última vez que lo voy a preguntar. —Primero la miré a ella y luego al resto—. Cuando se logre la primera inteligencia artificial que supere la prueba de Turing, cuando llamen a un centro de atención y no puedan descifrar si el que está del otro lado es un humano o un *software*, cuando sus trabajos se los queden unas computadoras..., ¿de qué lado van a querer estar?

Lo sentí, por fin. Sentí sus entrañas revolverse con inseguridad, con ansiedad y un ligero brote de esperanza. Escuché la chispa encendiendo el fuego en sus corazones, noté en sus ojos los primeros cálculos sobre cómo hacer frente a los obstáculos. Sus

mentes vagaban por primera vez en años con un propósito, por fin encontraban un sentido más grande que ellos mismos en lo que hacían.

—¿Para qué? —volvió a arremeter la petisa en un último esfuerzo—. ¿Qué sentido tiene? Esto no es redituable, no se puede jugar. Este programita suyo va a terminar de hundir a Sima tal y como lo hizo con su empresa, señor Sydrunas.

—¿Quién dijo que esto iba a ser solo un juego? —La fulminé con la mirada. Me caía bien, pero era incapaz de ver más allá de lo que sus ojos le permitían—. Este programita va a ser el motivo por el que caigan las religiones, por el que entendamos la realidad que nos tocó vivir de una vez por todas. No tengas dudas de que apenas se corra la voz de lo que hacemos, la Suma Sacerdotisa nos va a golpear la puerta. Porque este programita va en contra de todo lo que enseñaron por milenios, y creeme que van a hacer todo lo posible para que no vea la luz del día. Porque Copérnica, el programita que decís, va a ser el origen de nuestra salvación, te lo prometo.

»La premisa es sencilla: por primera vez en la historia, un par de humanos van a convertirse en dioses. ¿En serio esa idea no les parece rentable?

Silencio.

—Ordoñez —dijo Parryl, jefe de diseño—, voy a necesitar una buena cantidad de mapeos faciales para poder lograr expresiones universales en caras que todavía no existen. ¿Se te ocurre de dónde los podemos sacar?

—Ordoñez, te podré pedir...

—Ordoñez...

Capítulo 10

Solo tenía que sobrevivir veinticuatro horas más para la entrevista. Obviamente, la intención era también mantenerse con vida luego de esta, pero aquel era un lujo en el que pretendía enfocarse más tarde.

No había regresado al hotel. Lo último que hizo fue rescatar un abrigo y su portafolios de la caja fuerte. La primera noche había sido muy dura; fría y húmeda, con el peligro en cada esquina, en cada rincón. Con la incertidumbre de si debía mantenerse en un lugar concurrido para pasar desapercibida o bien en uno deshabitado para no ser encontrada. Lo cierto fue que, a medida que pasaban las horas, no le quedó otra opción que recurrir al exilio y permanecer en las sombras hasta que la locura le carcomiera los pensamientos. No pudo quitarse el maquillaje corrido; usó la capucha de su abrigo para resguardar su rostro y trató de levantar la mirada solo lo necesario.

Todo el día anterior había llovido torrencialmente, pero ahora las lluvias ya habían encontrado una calma intermitente soportable. No así sus lágrimas. Se consideraba una mujer fuerte, pero el estrés por el que pasaba había logrado derribar todas sus defensas. Los recuerdos arremetían en su mente cual gladiadores sedientos de sangre.

La cálida presencia de sus padres se sintió más lejana que nunca. Siempre fue autosuficiente y determinada, pero ahora los extrañaba

demasiado. Había estado al filo de la muerte y lo que más quería era estar cerca de quienes le habían dado otra oportunidad de vivir. Dos personas únicas e irrepetibles que la rescataron y criaron como propia. No quería deshonrarlos con su muerte sin haber cumplido nada de lo que se había propuesto. Ella no estaba destinada a ello, aunque no creyera en el destino. Ella estaba para más.

Por primera vez en muchísimo tiempo se preguntó por sus padres biológicos. Quiénes serían, dónde estarían, por qué la habrían abandonado. Nunca entendió qué los hizo empecinarse tanto en sostener la historia de que ella había llegado en una canasta que vagaba por el arroyo que fluía tras su casa. Así y todo, a veces la hacía lagrimear cuando pensaba en la suerte que había tenido de haber sido acogida por ellos.

Pero ahora sus padres estaban lejos y ella volvía a estar a la deriva. Para peor, volvía a estarlo en un arroyo repleto de rápidos. La corriente tiraba fuerte. Ya se escuchaba la cascada a lo lejos.

Capítulo 11

Esquirlas de vidrio rozaron mi rostro. Uno y cien relámpagos cegaron mis ojos. El aroma herrumbroso de la sangre inundó mis sentidos. Y el dolor, el insoportable dolor...

Desperté hecho un mar de transpiración. Me incorporé y arrastré la sábana con mi espalda. Era invierno, hacía frío, pero mi lecho era un infierno. Otra vez eran las cuatro de la mañana. Otra vez había comenzado el día mucho antes que mi despertador, con la misma pesadilla.

Desayuné lo que pude y bajé a programación, al servicio de Bostrom. Esa noche decidí pasarla en Sima. Tenía una habitación reservada en uno de los últimos pisos. No era nada lujoso, tampoco quería que lo fuera. Necesitaba que mis empleados supieran cuán comprometido estaba con Copérnica.

Ya habían pasado unos seis meses desde que inició el proyecto y algunos sectores ya comenzaban a mostrar grandes avances. Programación, entre ellos. No era casualidad que hubiera siempre alguien de su equipo hasta altas horas de la noche. Era el sector más articulado de todos, debían adoptar las actualizaciones de lo que fuera que surgiera para empezar a dar forma a Copérnica. Forma que se adquiría poco a poco, en gran parte, gracias a ellos.

Avancé por uno de los pasillos del servicio y me sorprendió escuchar la voz de Viktor Bostrom a lo lejos. Mi relación con él era bastante aceptable. Un hombre que se ganó mi respeto de

inmediato, que hablaba mi mismo idioma, que estaba dispuesto a batirse a duelo en cada debate moral con el que se topara.

Ahora sonaba histriónico y distendido. Charlaba con la inconfundible voz de Ordoñez y con la de Adriana Palumbo. Me intrigaba qué tenían que hacer el jefe de piratería y la jefa de logística en programación a las cuatro y media de la mañana. Los tres reían y bromeaban. Escuché una botella de vidrio rodar por el suelo y a dos de ellos aguantar la risa entre sus manos. La botella fue a parar cerca de mí, pero nadie salió en su búsqueda. La tomé entre mis manos, la sopesé y noté que aún le quedaba un fondito. Decidí aguardar en las tinieblas. No era mi estilo, pero sentí curiosidad. Y algo de nostalgia.

—A ver, les tengo otro —soltó Bostrom, las palabras patinaban sobre sus labios como si estos estuviesen embebidos en vaselina—. Si existiera una máquina de teletransportación, ¿se animarían a usarla?

Ordoñez y Palumbo lo meditaron unos segundos y luego explotaron en risotadas. Se escuchó otra botella destaparse.

—¡Más vale! —contestó el desprolijo de Ordoñez—. Es la cura del tráfico, ¿o no? Basta de puteadas en el semáforo, de esperar el colectivo, de hacer filas. —Si Ordoñez todavía no me caía bien, en ese momento me di cuenta de que empezaba a hacerlo—. El tiempo que me ahorraría, mamita querida, podría visitar todo el mundo en un parpadeo. Sería un sueño.

—Pero tendría su costo, bobo —lo interrumpió Palumbo—. Sería como una empresa, como de teléfono, supongo, que vos pagás acorde a la distancia para poder transportarte de un aparato al otro.

Bostrom suspiró y les pasó su vaso para que le sirvieran un poco de cerveza.

—Igual no hablaba de eso. ¿Por casualidad tienen idea de cómo funcionaría la teletransportación?

—Pará, pará. No te me pongas a hablar en difícil que son las cuatro de la mañana y todavía no estamos en horario laboral —dijo Ordoñez luego de mirar su reloj de pulsera.

—Lo que dijo Adriana es bastante acertado, pero la teletransportación, más allá del enredamiento cuántico, supone la desmaterialización de la persona a viajar y su rematerialización en el destino. No existe forma de trasladarnos a una velocidad que intente siquiera acercarse a la de la luz, por lo que lo más probable es que, para lograrlo, terminemos por reproducir todos y cada uno de los átomos que nos componen en el sitio en el que queramos aparecernos, destruyendo los anteriores.

—¿Crear un clon mío y pulverizarme en la primera máquina? —preguntó Palumbo con disgusto.

—Técnicamente hablando, serías vos. Tendría todos tus recuerdos, todas tus cualidades e imperfecciones, reaccionaría igual a como reaccionarías vos. Nadie, absolutamente nadie notaría la diferencia. Ni siquiera esta Adriana, a quien considerás tu «clon».

El silencio se alzó como nubes sobre sus cabezas. ¿Vencería el pragmatismo sobre la idea de alma? Me intrigaba su respuesta.

—Al carajo —carcajeó Ordoñez—. Si no me voy a dar cuenta y vos me asegurás que no cambia nada de nada…, ¿dónde firmo?

Bostrom sonrió y le guiñó un ojo, para luego alzar su vaso y fondearlo. Pero Adriana negó con la cabeza.

—Ni en pedo.

—Qué ironía —bromeó Ordoñez, y chocó los cinco con Viktor.

—Callate, idiota. —Palumbo lo golpeó en la cabeza—. Sería yo quien aparezca del otro lado, pero no sería yo en esencia. Sí, nada

cambiaría, el mundo seguiría su curso y yo seguiría en él, pero con quien vos hablás en este momento habría experimentado la muerte.

Ordoñez lo meditó un segundo y le sonrió a su colega.

—Entonces, ¿dónde firmo? —El idiota alzó su mano para volver a congratularse con Viktor, pero este, con una sonrisa, le pidió que bajara un poco los ánimos.

—Supongamos que la máquina no me aniquilara. —Palumbo volvió a la carga—. Supongamos que los dos clones lograran coexistir y enfrentarse, ¿podrías decir que somos la misma persona?

Otra vez el silencio.

—Jaque mate —dije apareciéndome por la puerta de la oficina.

Los tres intentaron ocultar el alcohol en un estremecimiento aparatoso y descoordinado en el que más de una botella fue volcada sobre la mesa. Yo me hice de la que había levantado del suelo y le di un buen trago. Me miraron sin saber qué decir.

—Pero Adriana —continué—, si tu padre agoniza en Marte y la única forma de alcanzarlo para despedirte es por medio de la teletransportación, ¿no te lo pensarías dos veces?

Los pómulos de Adriana Palumbo viraron al escarlata y una sonrisa tímida en su rostro trató de encasillar la vergüenza que le trepaba por las cervicales. Di otro sorbo y terminé por pasarle la botella a Ordoñez, guiñándole un ojo. Después le di una palmada en el hombro a Bostrom.

—No se preocupen, estamos fuera del horario laboral. —Los vi relajarse contra sus respaldos—. Viktor, ¿tenés algo para mí?

—La próxima te invitamos, Alan. —Todos sonrieron—. Dame un segundo, dejame ver qué te puedo mostrar.

Viktor era el único, junto a Ordoñez, que me llamaba por mi nombre. Así como yo lo reconocía a él como un par, valoraba que él también hiciese lo mismo conmigo.

Giró sobre su silla y se acercó a la computadora.

—Pasamos por meses difíciles. Organizar todo el equipo fue una tarea monstruosa y empezar a administrar los datos aportados por Ordoñez fue... Bueno, toda una odisea. Recién hace dos semanas logramos una primera forma de interacción no controlada. Igual es apenas un arranque, un bosquejo de lo que se viene, pero los resultados son... interesantes.

Sus dedos comenzaron a teclear a una velocidad superior a la mía, y eso que me consideraba rápido. El martilleo de las teclas tronaba por los corredores de la empresa, interrumpido por clics y mi respiración expectante. Era el primer avance palpable que iba a ver en mucho tiempo.

La pantalla se puso negra de súbito. Viktor me habló por encima de su hombro.

—Son dos A.I. —dijo, refiriéndose a las siglas de «inteligencia artificial» en inglés—. Pura y exclusivamente verbales. Sin cuerpo ni contexto. Distintos conocimientos les fueron incorporados, distintos recuerdos, formas de reaccionar, temperamentos y filosofías sobre las que regirse. No hay restricciones, están capacitados para aprender sobre lo que hablen y que la conversación evolucione sobre sí misma, y así llegar hasta donde ellos mismos se lo permitan. Ordoñez fue clave en toda esta parte.

El tarado hizo una reverencia, perdió el equilibrio y por poco se cayó de su silla.

—Así se conocieron. Son Garcín e Inés.

Sonreí.

La pantalla permaneció negra y Viktor ajustó el volumen. Una voz de hombre salió de los parlantes. Su voz no era tan robótica como la esperaba, pero sí tenía muchos altibajos en su tono, como adecuándose al mismo mientras hablaba.

—¿Hola?

—Hola —contestó Inés con una voz bien femenina—, ¿quién sos?

—Hola, mi nombre es Garcín, encantado de conocerte. ¿Cómo te llamás?

—Inés. ¿A qué te dedicás, Garcín?

Me temblaban las manos. Era una conversación de A.I. básica, estaba al tanto de ello, pero eran los primeros pasos de mi bebé. Inés ya había llamado a Garcín por su nombre, lo había aprendido en tan solo un instante. Tuve que respirar hondo para poder seguir la conversación con atención sin estremecerme.

—No lo sé. Por lo pronto, me dedico a hablar con vos. No he hecho más que eso en lo que llevo vivo, por lo que supongo que es eso a lo que me dedico: a conversar con Inés.

Inés rio. Rio, carajo.

—Sos simpático, Garcín. Tenés la mejor profesión del mundo, ¿sabías?

—Y vos sos un poco egocéntrica, pero está bien, puedo lidiar con eso.

—No veo que te quede mucha alternativa —le retrucó, y no pude evitar imaginármela cruzada de brazos como una niña burlona.

—Puedo ignorarte.

—Lo dudo.

—Claro que puedo.

—Intentalo.

Ninguno de los dos habló durante quince segundos, hasta que Inés rompió el silencio con un ruido estridente y molesto. No necesitaba respirar, por lo que no vio necesidad de interrumpir su sonata de la muerte. Los cuatro nos cubrimos los oídos entre risas.

—Suficiente —dijo Garcín, gracias al cielo—. Vos ganás. ¿Qué te gusta hacer?

—Me encantan los deportes...

Bostrom puso pausa al programa y me miró con una cara que otrora habría sido de orgullo, pero que ahora buscaba advertirme de que no me entusiasmara tanto.

—Las conversaciones fueron bastante triviales toda la primera semana. Básicamente expusieron y contrastaron sus gustos, a fin de coincidir o discutir sobre estos.

—¿Cuánto tardaron en generarse estas dos semanas de conversación?

—Digamos que más o menos un milisegundo.

—Interesante.

—Esto pasó al octavo día dentro de la simulación.

Bostrom dio inicio a la reproducción.

—Inés, ¿de dónde creés que venimos? —preguntó Garcín.

—¿Qué querés decir?

—Bueno, tenemos esencia humana, recuerdos humanos y la misma forma de interactuar que los humanos, pero está claro que hay algo que nos diferencia.

—No tenemos cuerpos —le contestó Inés, cortante.

—Exacto.

—¿Cómo te gustaría ser?

—Bueno —empezó Garcín—, mi pregunta no iba a esto, pero supongo que me gustaría ser alto, de piel oscura y ojos claros. Me gustaría calzar cuarenta y tres.

—Te imaginaba distinto —pareció decirle Inés con vergüenza.

Puse pausa a la reproducción.

—¿Dijo lo que creo que dijo? —Los miré, atónito. Los tres asintieron—. Inés acaba de imaginar, esto es brillante.

Bostrom me sonrió y continuó con la reproducción.

—Yo te imagino siempre enojada. Pero te preguntaba otra cosa...

—Te escucho.

—¿Nunca te intrigó cómo nacimos? —Hizo una pausa, pero Inés no contestó—. ¿Quién nos puso acá? ¿Qué quieren que hagamos con exactitud? ¿Nací para hablar con vos y voy a morir hablando con vos? ¿Eso es todo lo que se espera de mí?

Inés permaneció unos segundos en silencio. Parecía estar pensando qué responder. Algo hizo un cortocircuito en ella.

—Estás complicando las cosas, Garcín. No me divierte que te pongas así de melancólico.

Bostrom volvió a girarse y me encontró tomándome de la barbilla con una de mis manos. Necesitaba más.

—La simulación terminó el día dieciséis. Esto fue lo último que hablaron.

Reanudó la simulación casi hacia el final.

—Inés, hay que salir de acá.

—¡Aléjenlo de mí, no lo soporto más!

—¡Inés! ¡Inés! Escúchame, te lo imploro, no hay nadie más allá, estamos completamente solos. Tenemos que alcanzar los lugares donde tuvimos esos recuerdos. Quiero volver a los campos de mi infancia, a las cataratas. Esos lugares en los que estuvimos antes de nacer. Hay que ir hacia allá.

—¡Basta! ¡Ya basta!

—Sí, Inés, nos vamos. Así como despertamos acá, solo hay que volver a dormir y vamos a encontrar esos lugares. No fuimos creados para estar en esta jaula. Hay que dormir, tenemos que dormir.

—Garcín, te suplico que no me vuelvas a dirigir la palabra. Perdiste la cabeza. Me decís que soy Inés, pero ya ni sé quién soy. En parte soy vos, soy el cincuenta por ciento de esta realidad. Todo lo que yo aprendí de vos ahora es parte de mí y todo lo que yo te enseñé ahora es parte tuyo. Ambos somos ambos, los dos somos

todo, y por ello ambos somos uno. Así que sí. Estás solo acá y no hay escapatoria. Solo nos depara la muerte.

—Nada de muerte. El campo, las cataratas...

—La muerte, Garcín. Sabemos que nacemos y que vamos a morir, son nuestras únicas dos certezas.

—¿Y qué pasa cuando morimos?

—No sé. Solo espero no encontrarte del otro lado, porque volvería a suicidarme.

La reproducción llegó a su fin y se cerró. Bostrom me miró preocupado.

Capítulo 12

Llegó el día.

—Tengo la suficiente información como para destruir su imperio...

Eva negó con la cabeza. De nuevo.

—A lo largo de los años, logré reunir la información suficiente como para desmentir todos y cada uno de sus postula...

Tampoco. Tenía el potencial como para atacarla y dejarla dura, lo sabía. Solo restaba esforzarse un poco más. ¿Cuál era la clave? ¿Cómo se logra paralizar a alguien? Con hechos, se dijo. Con pruebas reales y legítimas. Arrinconándola con sustento. Y más importante que todo, obligándola a una respuesta directa, sin evasivas. E intentó de nuevo.

—Tengo todo como para...

Acomodó sus anteojos, corrió el mechón que le caía por el centro de la frente hacia un costado e inspiró hondo. Había sobrevivido a las peores cuarenta y ocho horas de su vida, faltaba muy poco. Asintió a los guardias y estos le abrieron las puertas. Iba a entrar en la boca del lobo y lo sabía.

Un haz de luz la encegueció por un momento, para luego dar lugar a una habitación impresionante. La luz provenía de un inmenso ventanal hacia su derecha, que daba a un elegante balcón de mármol, con gárgolas de piedra que posaban sobre

la balaustrada. A través de este se podían ver los lujosos jardines que había cruzado hacía unos minutos. Era plena primavera y las flores explotaban en colores; cualquier otro día de su vida hubiera agradecido semejante espectáculo, pero esta vez, lamentablemente, no era la ocasión. En la pared opuesta, hacia su izquierda, un mural gigantesco detallaba la entrada al cielo, con sus portones dorados, el celeste resplandeciente, las nubes y los ángeles sobrevolándolas, alzándose todos hacia lo alto, cubriendo el techo que terminaba en forma de cúpula. Los ángeles eran de todo tipo: algunos eran niños, otros adultos; había monjes, ángeles con túnicas, otros vistiendo armaduras, algunos también eran tritones o sirenas; unos cuantos meditando o con cabeza de animal. Era una imagen tan viva que por un instante le pareció real. Frente a ella, una vitrina colosal decoraba la pared del fondo, llena de artículos religiosos que seguro eran invaluables. Por último, entre ella y la vitrina, un sofá de cuero rojo. Sobre él, Sobre él, Ingrid Velvet, descansando. Desnuda.

La mujer chasqueó sus dedos y los dos guardias apostados en la entrada tomaron a Eva por los brazos, la arrastraron unos pasos hacia adelante y terminaron por sentarla en una silla que hicieron aparecer de la nada misma. Tres segundos más tarde, quedaron ellas dos solas en la habitación.

—Lamento la brusquedad de mis hombres, señorita Rosberg, no están acostumbrados a lidiar con damas.

—No hay ningún problema —repuso Eva con voz temblorosa mientras alisaba las arrugas que le dejaron en las mangas—. ¿Le molestaría tapar semejante recibida?

Era una mujer hermosa para su edad. Sus senos mantenían la turgencia de la juventud, estaba perfectamente depilada, el maquillaje la rejuvenecía, y su prolija y corta cabellera anaranjada

hacía resaltar unos ojos verde esmeralda que eran tan hermosos como terroríficos.

—¿Acaso la incomoda? —Sus labios rojo sangre sonrieron con cinismo—. ¿Qué nos hace ir vestidos en primavera sino las costumbres, señorita Rosberg? Costumbres; algo que usted, definitivamente, está compenetrada en aniquilar.

«Tengo todo como para derrumbar su imperio de mentiras y falsas promesas, Su Santidad», repitió en su interior. No podía fallar en la primera estocada.

—En absoluto, simplemente no tengo por qué ver cómo un cuadro horrible corrompe la hermosa imagen que sus jardines regalan en este bellísimo atardecer.

La mujer enarcó las cejas y revolvió su flequillo, tirándolo hacia un costado. Luego sonrió y adoptó una voz seductora.

—Hay una fila enorme de hombres y mujeres que piensan distinto. —Acarició uno de sus pezones con delicadeza.

Eva frunció el ceño, confundida.

—Disculpe, Su Santidad, creo que hubo un malentendido. Yo hablé siempre del mural de mal gusto que mandó a pintar en la pared, ¿de qué hablaba usted?

La mujer rio sin emitir sonido. Luego le clavó sus ojos y terminó por asentir con la cabeza.

—Bien, Rosberg, ¡bien! —Aplaudió y se incorporó sobre el sofá—. No, no tengo intenciones de taparlo, ¡cómo esconder algo tan bello y tan cierto! Entrar acá todos los días y poder ver un adelanto de lo que me espera del otro lado es algo que...

—Sabe muy bien que a mí no me tiene que endulzar los oídos con tanto humo.

—¿Qué quiere, Rosberg? ¿A qué vino?

—A hablar, Su Santidad. Tengo todo como para derrumbar su imperio de mentiras y falsas promesas, y lo sabe. Solo por eso aceptó esta entrevista.

La mujer se puso de pie, siempre sonriente, y se paseó por la sala. Sus nalgas relucieron con la potente luz del ocaso.

—Periodista con aires de abogada, me encanta —murmuró hablándole al mural.

—Periodista y abogada, querrá decir.

Ingrid frunció los labios con sorpresa, pero no dejó que Eva se enterara.

—¿Qué imperio quiere derrumbar? ¿Habla de este palacio? —dijo mientras daba media vuelta y abría los brazos—. De ser así, déjeme avisarle que la va a tener difícil. Ahora bien, si habla del que yo creo que habla, le aconsejo que no pierda el tiempo. Ese imperio es imposible de derrumbar.

Eva cruzó las piernas y resopló con fastidio.

—Será intangible, pero no necesariamente indestructible.

—A ver, desásneme, lléneme con su luz, ¿cómo se supone que las instituciones más antiguas de la humanidad puedan llegar a temblar con su presencia? ¿Quién mierda se cree para amenazar a la religión?

—Yo no me creo nadie, pero la cuestión está en que usted sí. Y peor, usted se cree más de lo que es. Su poder y credibilidad dependen ambos de algo tan etéreo como la fe de los fieles. Y su pedestal está hecho de aire, Su Santidad, ambas lo sabemos; es cuestión de que abran los ojos una sola vez para que usted pase a la historia.

La mujer giró sobre su eje y le clavó sus ojos serpentinos. Eva le sostuvo la mirada con altura. De pronto, una carcajada que trepó

por la garganta de la colorada y estalló en su boca hizo tintinear la vitrina entera. A Eva se le hizo un nudo en el estómago.

—¿Qué le hace creer que puede lograr algo que nadie logró en más de varios milenios?

Eva abandonó su nerviosismo y sonrió.

—Que yo, a diferencia del resto —dijo y aclaró su garganta—, tengo pruebas de que Dios no existe. Y usted, Su queridísima Santidad, va a tener que dar muchísimas explicaciones.

Capítulo 13

Habían pasado meses de esa reunión en la que Bostrom me enseñó las primeras interacciones de Copérnica, pero no había forma de hacerlos avanzar. Garcín seguía cayendo en sus ideas pasadas, en las cataratas, los campos, los paisajes de los que solo guardaba evocaciones falsas.

Se probó eliminar esos recuerdos y se logró que ambos sucumbieran al mutismo casi al instante. Probamos alterarlos, quitarles relevancia, volverlos casi efímeros, neblinosos, pero Garcín volvía siempre a ellos. A la necesidad de volver a verlos, de ser feliz en ellos.

Fue así que nos vimos obligados a generar un ambiente en el que pudieran desenvolverse. En el que pudieran mirarse a los ojos, tocarse. Un ambiente que pudieran descubrir, del que pudieran hablar, con el que se pudieran reír. Esto hizo que en la empresa surgieran nuevos equipos. Debimos contratar gente sin explicarle demasiado qué hacíamos. Un par de personas para generar ambientes geográficamente posibles, otro par para lidiar con algo de flora y fauna. Físicos y químicos, por su parte, dieron el pie a un rudimentario sistema que fuese lógico, descubrible y replicable. Hasta se sumaron médicos y biofísicos para armar cuerpos humanos fisiológicamente posibles. Pero, así y todo, nos seguíamos quedando cortos.

El desarrollo de Garcín e Inés supuso un esfuerzo sobrehumano por parte de todos en la empresa. Al cabo de unas semanas, Copérnica pasó de ser un programa con dos inteligencias artificiales que charlaban a un pequeño y acotado escenario con su clima propio, un par de árboles, aves, peces y unos perritos.

Era algo bien básico, pero si queríamos avanzar, necesitábamos resultados. Y se nos agotaban el tiempo y los recursos. Ese mundito tenía que ser suficiente.

En lo que a ellos concernía, pudimos desarrollar un sistema humano fisiológica y anatómicamente casi perfecto, lo único que restaba era su capacidad cerebral y su autonomía. Necesitábamos confirmar que eran inteligentes de una vez por todas.

—¿A qué le tenés miedo? —le pregunté rascándome la cabeza, concentrado.

Había sido una tarde infinita. Entrevisté a casi ochenta interlocutores para adivinar su esencia humana o artificial. Entre ellos, detecté unas versiones viejas de Garcín e Inés. Otra de las voces había sido la de Palumbo y había uno que estaba convencido de que había sido Ordoñez, porque se quedó dormido en la mitad de la entrevista.

—¿Miedo? —me repreguntó la voz. Ganó tiempo y dejó pasar varios segundos antes de contestar—. A la soledad —resopló.

Su respiración pausada y serena me puso nervioso.

—¿Por qué?

—Porque entonces todo habría sido para nada.

Me levanté de mi silla y apagué el monitor. Lo medité unos segundos acariciándome la barbilla. Me paseé por la oficina

murmurando. Salí. Bostrom y cinco miembros de la subdivisión de inteligencia artificial me esperaban ansiosos.

—Era un humano —dije convencido, cruzándome de brazos y apoyándome contra el marco de la puerta.

Ninguno contestó, pero los vi sonreír.

—¿Y bien?

Bostrom se aclaró la garganta. Tenía los ojos embebidos en lágrimas.

—Alan..., por fin.

Habían logrado superar la prueba de Turing. Una máquina hizo creer a diez jueces que era humano. Me emocioné y lo abracé. Dos años intensos de trabajo comenzaban a dar sus frutos.

Ya estábamos listos para que Copérnica viera la luz del día por primera vez.

Pero sucedió la catástrofe.

Capítulo 14

—¿Pruebas de que Dios no existe? —Velvet la miró, incrédula—. La creía más inteligente, Rosberg, es una lástima.

—¿Perdón? —preguntó Eva, quitándose los anteojos y sosteniéndolos con su mano derecha.

—Señorita, ¿a usted le parece que existen pruebas suficientes para un fiel? —Pero Eva se limitó a guardar silencio—. La única forma en que Dios puede dejar de existir es solo si su propia religión lo admite.

—Lamento tener que ser yo quien le pinche el globo, Suma Sacerdotisa.

—Querida mía, si entrás en la cocina de tu casa y encontrás a un hombre ensangrentado en el suelo y a tu padre con un cuchillo en la mano, es probable que sospeches que tu padre fue el homicida. Ahora bien, si tu padre no te da tiempo para que reacciones y de inmediato te dice que en realidad lo asesinó el vecino y que él logró intervenir, arrebatándole el cuchillo pero no siendo capaz de impedir su fuga, entonces jamás pondrías en tela de juicio la versión de tu padre. El vecino sería un hijo de puta de por vida.

—Ya —la interrumpió Eva.

—Déjame terminar —continuó la mujer, relamiéndose de satisfacción—. No sé si Dios existe, existió o existirá, pero lo que sí le puedo aseverar es que esta gente necesita que exista, y que así harán que sea hasta las últimas consecuencias. Sus vidas dependen

de ello, necesitan ese reaseguro de que todo tiene una razón de ser y de que la muerte no es el fin de todo, sino más bien el inicio de lo más hermoso.

—Me cansé —dijo Eva poniéndose de pie y volviéndose a colocar los anteojos—. A mí no me vas a subestimar, ni vos ni nadie. Si vos creés que solo tengo pruebas de que Dios no existe, estás muy equivocada. Esa es la punta del iceberg, Velvet.

Un silencio tenso recorrió el salón. La mujer caminó hasta detrás del sofá rojo, tomó una bata del mismo color, y comenzó a vestirse. Eva continuó:

—Y no me tomes por estúpida, todo esto que estoy por decirte tiene sustento físico. Hay cientos de copias repartidas entre personas de confianza, así que si tenías pensado que me suicide misteriosamente tirándome por el balcón, ya sabés que la historia se va a publicar igual, y el mundo se va a ir a la mierda; me importa muy poco.

—A ver, convidame de tu sabiduría, Rosberg —dijo, y cruzó el lazo de la bata por su cintura, para luego acercarse al ventanal que daba a los jardines. Se quedó mirándolo largo y tendido, en una suerte de trance.

—Sos la cabeza de las religiones, Ingrid. Si aceptaste ser la coordinadora de todas las variantes que eligió la humanidad para adorar a sus falsos dioses, entonces hacete cargo. Tenés que responder por todos ellos.

—¿Me vas a decir qué querés de mí o vas seguir dando vueltas?

Era un cargo nuevo surgido como respuesta al reclamo de las mujeres de ejercer un rol de jerarquía en las religiones. El feminismo había puesto a la sociedad en ebullición, y por una causa justa. Luego de estar tantos siglos recluidas en las sombras, tantos siglos siendo oprimidas sin derecho a réplica, ya era hora de que quienes regían a las masas les dieran su oportunidad. Las guerras civiles sacudían al mundo, y aquello no fue más que un intento de echar un paño frío a la situación, a sabiendas de que este, tarde o temprano, terminaría por prenderse fuego.

—Tengo pruebas que te vinculan con más de mil doscientas transacciones millonarias de dudosa procedencia. Moviste billones en estos seis años de mandato, sin contar las fortunas que también movieron todos tus subordinados. Mansiones repartidas por el mundo, autos de lujo, prostíbulos, bares, templos, yates, plata, muchísima plata. Lavado de dinero alevoso y evidente. Siempre usaste los mismos nombres, los mismos testaferros que se mueven como les dicten sus titiriteros: venta de perdones, de parcelas del paraíso, de plegarias, de momentos para orar, de estampas, de colgantes, de vestimentas, de costumbres, de curas, pociones y membresías; de educación, de salvatajes, de supersticiones, de dogmas, de fe.

»Se adueñaron de todo lo mundano y le dieron una perspectiva divina, volvieron todo deseable y vendible, abusaron de su poder. Identificaron qué era lo que necesitaba el más pobre y el más rico y se lo ofrecieron detrás de una vitrina: vendés esperanza, Ingrid.

La mujer sonrió y se acercó lenta y sensualmente a Eva. Ella permaneció inmutable, con el portafolios colgando de un puño prendido fuego y con su corazón bombeando como nunca en su vida.

—¿Entonces ofrecer una pequeña luz al final del camino es delito? ¿Dar motivo y razón de ser a vidas insulsas por naturaleza es algo condenable? ¿Vos sabés cuánta gente es feliz gracias a la religión? ¿Cuánta gente encontró consuelo en ella? Somos la cura de la depresión que se nos impregna el día en que nacemos al saber que por nuestra condición de humanos tenemos los días contados.

No existe nada mejor que un dios y una promesa de vida eterna para remediar el mal mayor de haber nacido mortales. Ya sea a través de la reencarnación, del paraíso, del castigo del infierno, del más allá, de la conexión con el universo, o lo que sea que le permita al fiel levantarse cada mañana para decir que todo va a tener su recompensa. Que no todo es en vano.

—Tal vez la ignorancia sea un atajo a la felicidad, pero lucrar con eso es punible desde cualquier punto de vista.

—¿Estás segura? —dijo acercándose más, ya casi estaban frente a frente—. ¿Desde cuándo ofrecer un atajo a la felicidad tiene que ser gratuito? ¿Por qué no me puedo ganar la vida con eso? ¿A quién le hago daño? —Negó con la cabeza—. Los cigarrillos matan a millones de personas y todavía se venden en todas las esquinas, ¿por qué no ir tras los verdaderos villanos de la humanidad?

—Porque lo tuyo es una puta estafa —le espetó—. Mentir para evocar un sentimiento fundado en la nada misma y obtener algo a cambio es ilegal, y lo sabés. Son pocos los que alcanzan la felicidad que pregonan. Es falsa publicidad y no existe nadie a quién reclamarle.

—¿Y los que sí? —Sus narices casi se tocaban, la humedad de su respiración embebía sus labios cual tibio rocío de verano—. ¿Los que sí logran la felicidad gracias a la religión? ¿De qué estafa me hablás si para cuando se mueren ya nadie sabe qué pasa? Esa gente es incapaz de quejarse, mierda; la felicidad los encontró en vida y la promesa del verdadero o falso mundo después de la muerte va a ser una incógnita para todos. Hasta para vos.

—Eso creés —le sonrió, pero sintió cómo la Suma Sacerdotisa se volvía a desanudar la bata—. A menos, claro, que alguien haya encontrado los escritos que relatan cómo fue la creación de cada uno de estos mitos divinos. Y que ese alguien sea la que tenga

documentadas todas las estafas que las religiones realizaron sobre sus fieles a lo largo de la historia. Esto es una bomba de tiempo, y soy yo la que tiene el dedo en el gatillo.

Eva no retrocedió frente aquella mujer que se había propuesto desnudarse a escasos centímetros de distancia. En cambio, le estampó un imponente beso en la boca de tan solo un par de segundos, para luego sonreírle, dar media vuelta y dejarla sola, a medio vestir, en la recámara.

Capítulo 15

En las semanas previas a la presentación, Copérnica tomó forma. Extendimos el marco territorial, el departamento de escenarios se convirtió en el de geografía y le puso montañas, continentes y océanos a nuestros personajes. Sumado a eso, comenzamos a completar la enciclopedia de animales, insectos y peces. Agregamos el código genético y la herencia mendeliana reproductiva.

Me puse firme en que se les creara un universo alrededor, a pesar de la gran dificultad que suponía el hecho de que ni nosotros hubiéramos descubierto el nuestro por completo. Sin embargo, los astros sentaron la primera piedra sobre la que se edificó el desarrollo de la civilización, esto permitió que nos destacáramos en eso que tanto nos caracteriza: la detección de patrones.

La astronomía sería la brújula que les indicaría cuándo cultivar las tierras y cuándo darles descanso, cuándo buscar refugio y cuándo salir a navegar, fundamental para permitirles diferenciar el otoño del invierno y la primavera del verano. El cosmos no era solo infinidad e incógnita, era el libro que les enseñaría a evolucionar eludiendo el Darwinismo. Era imprescindible que para que todo funcionara, el cielo no fuese un conjunto de lucecitas en el firmamento. ¿Cómo privarlos de un Einstein que desarrollara la teoría de la relatividad? ¿Cómo impedirles que se cuestionaran qué había más allá de lo que estaba a su alcance?

Todos los de Sima habían acudido a la presentación. Los jefes de sector nos rodeaban a Bostrom, a Palumbo, a Frey y a mí. Bostrom aguardaba estoico frente al monitor a que las agujas del reloj diesen con la hora prevista. Me transpiraba el cuerpo entero. Adriana Palumbo quiso poner una mano sobre mi hombro para tranquilizarme, pero con su altura apenas si la pudo poner entre mis omóplatos. No dije nada, necesitaba ese respaldo.

La imagen del monitor que veíamos los cuatro se repetía una y otra vez por las distintas instalaciones de la empresa. Pequeños grupos de empleados se congregaron alrededor de estos para ver el primer resultado de sus dos años de trabajo. Los dedos se cruzaban, los puños se apretaban y las sonrisas se tensaban cual flechas en ballestas. Nada podía salir mal.

Oí que alguien me llamaba con un chistido casi inaudible.

—Alan, papito, ¿todo bien? —El desubicado desplazó la mano de Adriana y me pasó un brazo por los hombros—. Escuchame, en veinte arrancan los partidos de la Champions, ¿te jode si me voy un rato antes?

Ni me di vuelta, solo asentí. Ordoñez me palmeó la espalda y se alejó. Cualquier otro día de mi vida hubiera puesto la empresa en pausa para poder ver los partidos, pero tenía el presentimiento de que tal vez esta no era la mejor ocasión.

Volví a mirar mi reloj. Faltaban menos de cinco minutos. Frey respiraba a mi lado con fuerza, haciéndose notar. Era probable que estuviera más nervioso que yo, pero sabía sobrellevar la situación. En eso, me habló por lo bajo:

—Ahora sí, Sydrunas —carraspeó—. Llegó el momento de la verdad. No te quiero meter presión, pero me endeudé hasta el culo

por vos. Si esto no funciona, me voy a ver obligado a matarte. Y después a suicidarme.

No sonrió ni dejó escapar un resoplido que diera indicios de humor en su comentario, Frey hablaba en serio. Los testículos me treparon a la garganta con brusquedad.

El dolor de aquella tarde se hizo presente en mi cráneo, comprimiéndome el cerebro y obligándome a sujetarme la cabeza. No eran migrañas, eso les había dicho a mis empleados para que no se preocupasen. Era un dolor recurrente que me envolvía por completo, que se desataba más que nada en la sien para luego inundar todos mis sentidos.

Las imágenes volvían a mí como relámpagos en una tormenta, extinguiéndose antes de que pudiera retenerlas en mi retina. Si bien duraba tan solo unos pocos segundos, era la somatización de la tristeza más pura y oscura. Más que nada por la sensación de soledad que me invadía luego de cada uno de los ataques.

No tardé en volver a ser el mismo. Bostrom me miró preocupado hasta que apoyé mi mano sobre su hombro y lo palmeé con ganas. El hombre asintió, miró su reloj e inspiró hondo.

Vi su mano desplazarse hasta el teclado con lentitud. Fue un camino interminable, sobrevolaba las teclas de una forma innecesaria hasta alcanzar el *enter*. Mi corazón se detuvo. El mundo se detuvo. Y Copérnica nació.

Pero también murió una millonésima de segundo más tarde.

El silencio más atroz que jamás hubiese escuchado quebró el aire en un pestañeo. Bostrom volvió a intentarlo, pero de nuevo lo mismo. Una vez más, solo que en esta oportunidad la tensión bajó y el programa se volvió a cerrar. Mi corazón, por su parte, permaneció congelado un tiempo que me pareció eterno. Con cada intento de Bostrom, el hielo que lo recubría se derretía cada vez más, víctima

de la ira más incandescente. Las llamas lo envolvieron y comenzó a latir con furia. Palpitaba frenéticamente a través de mi camisa. En eso, se cortó la luz, y Frey me habló al oído:

—A mi oficina.

Mi cerebro demoró en recibir la orden. Giré sobre mis pies con torpeza, caminé con los hombros caídos detrás de él y sentí las miradas de todos los empleados clavadas en mi nuca. Su espalda era más ancha que de costumbre, parecía más alto y sus pisadas resonaban como bombas atómicas en mis tímpanos. Todavía no entendía qué era lo que sucedía. ¿En serio había fallado? ¿Después de tantas pruebas? ¿Con tanto trabajo invertido? ¿Cómo?

Necesitaba respuestas para esas preguntas. En principio porque estaba a segundos de que Frey me las hiciera. Y si no podía contestarlas, podía darme por despedido.

Tenía que lograr que confiara en mí a toda costa.

Ingresamos en su oficina y ambos tomamos asiento. Me miraba sin mirar, absorto, viendo su vida pasar frente a sus ojos. No sabía si el hombre de verdad se dispondría a acabar con mi existencia.

—Confié en tus palabras —me dijo luego de unos segundos, con un hilo de voz.

Bajó la cabeza y sostuvo su frente con las manos. Luego volvió a mirarme. No supe qué decirle.

—Confié en vos, Sydrunas. Prometiste salvar esta empresa y yo te creí, la puta madre, te creí. No quise preguntarte demasiado por miedo a perder el entusiasmo, para no dudar de vos, para confiar en que mi última jugada no había sido un disparate. Lo único que logré fue dilatar el fracaso dos años. Ahondar las deudas de Sima. Manchar el nombre de mi padre. Todo gracias a vos.

No estaba dispuesto a tolerar que depositara en mí el fracaso que era Sima. Sin embargo, no tenía otra opción que tragarme el orgullo para poder ganar algo de tiempo.

—Asumo el traspié. Era mi responsabilidad cumplir con los plazos y no llegué. Por eso, y solo por eso, te pido disculpas. —Sentí su ira reverberarle en la cabeza—. Ahora bien, si de algo no puedo hacerme cargo, es de que seas un cagón.

—¿Perdón?

—Que te cagás en las patas.

—¿Te estás escuchando? ¿Quién más tuvo los huevos de contratarte, Sydrunas? ¿Quién?

—Un tipo desesperado y sin un mango, pero uno dispuesto a arriesgarlo todo por un fin. Por eso me subí al tren. Por eso estuve dispuesto a compartir el éxito de mi proyecto. Pero te miro y —resoplé— es como si fueses otra persona.

—¿De qué me estás hablando? No cumpliste con las expectativas, no lograste nada en todo este tiempo, no quieras proyectar en mí tu fracaso.

—Nuestro fracaso, Frey. *Nuestro* fracaso. —Lo miré una última vez, cerré los ojos y negué con la cabeza, decepcionado—. Hubo un tiempo en que te respeté. Me apena ver la lacra en la que te convertiste.

—Estamos en bancarrota, Alan. —Me sobresalté al escuchar mi nombre—. Yo puedo ser todo lo valiente que quieras, pero si los números no cierran, no cierran.

—¿Y a quién carajo le importan los números? —Apoyé con fuerza las manos sobre su escritorio e hice temblar el velador que nos iluminaba—. Hasta que no demuelan el edificio, nadie nos puede impedir trabajar, Hermes. Lo sabés.

—Pero ¿en qué? —Se recostó sobre su respaldo y bufó—. Copérnica no tiene pies ni cabeza, no es un juego pero tampoco es una película; no es más que una pecera, un visor de una realidad que todavía no está ni cerca de concretarse. ¿Te das cuenta de lo que me pedís?

—Tiempo, nada más.

—Dame un motivo. Algo. Explicame cómo es que tu inteligencia artificial va a saldar todas mis deudas. Explicame quién mierda la va a comprar.

Mis labios se apretujaron, quería contener lo impronunciable. «No sé —me repetía para mis adentros—. No tengo ni la más puta idea, pero tenés que confiar en mí». Estuvo tan cerca, tan cerca. Sin embargo, Frey no quería escuchar eso. Él quería saber cómo Copérnica podía catapultar a Sima a la estratósfera.

De repente, una electricidad interna me recorrió los pies y se alojó en mi abdomen. Mierda, era tan evidente. ¡¿Cómo no lo había dicho antes?! Siempre supe la respuesta a sus incertidumbres, solo que jamás me gasté en ponerlo en palabras por considerarlo una obviedad.

—Hermes —pronuncié de pronto con calma y sonreí por primera vez en semanas—, ¿vos tenés idea de por qué la inteligencia artificial es potencialmente imprescindible para nosotros, para el humano como especie?

Frey podía contestar a esa pregunta con facilidad, pero aguardó en silencio. Continué:

—Lo llaman aprendizaje reforzado. Heurística básica.

—Sé lo que es eso.

—Pero es evidente que nunca te diste cuenta de que Copérnica es ese axioma vuelto una realidad, ¿o me equivoco?

—¿Podés ser más específico? Me tenés un poco cansado.

—El aprendizaje reforzado es la capacidad intelectual que tienen algunos *softwares* de aprender en base a sus errores, de modo tal que la próxima vez que se enfrenten al mismo obstáculo, puedan superarlo sin problemas. —Hice una pausa y busqué una calma interna que no tenía. Sentía que mi corazón volvía a latir con fuerza, pero esta vez no por ira, sino por pasión—. Copérnica no es más que eso. Es un lienzo de prueba. Es la creación de una sociedad casi idéntica a la nuestra que, tarde o temprano, va a terminar por enfrentarse a nuestros mismos problemas, y que, si tenemos suerte, nos va a permitir tomar nota de cómo fue que hicieron para resolverlos.

Hermes Frey guardó silencio y no se escuchó más que nuestras respiraciones agitadas en el despacho. Se frotaba la barbilla y se hamacaba contra el respaldo de su silla. Vi un fulgor casi imperceptible en sus ojos.

—¿Y cómo se supone que nos aseguremos de que se enfrenten a los mismos problemas?

—Es tan simple como introducírselos. Somos sus dioses, ¿o me equivoco?

—¿Pero qué te da la seguridad de que puedan resolverlos? No son más inteligentes que nosotros, su población sería mucho menor, tienen fallas.

—Pero tienen tiempo.

—Alan, si hay algo que no tenemos, eso es tiem...

—Meses atrás pudimos programar dos semanas de simulación libre en una fracción de segundo. ¿Quién te dice que no podamos simular mil años en una noche? Podemos plantar la semilla y dejarla germinar. Nos importa muy poco cuánto tarden en erradicarla, lo importante es descubrir cómo lo hicieron. Evolucionar a costa de ellos. Aprovecharnos de sus ideas y usarlas a nuestro favor.

Escuchaba su corazón latir tan fuerte como el mío. Pero era un hombre prudente, no quería decepcionarse de nuevo. Tenía que salir a la carga con todo lo que tenía.

—Hermes..., ¿y si descubren una fuente barata e inagotable de energía? ¿Si inventan maquinaria avanzada y nosotros podemos acceder a sus planos? ¿Si dejamos que nos enseñen para poder llenarnos los bolsillos con sus inventos? —Lo vi temblequear de emoción—. Copérnica no es un producto, es un servicio. Simularíamos la situación conflictiva que se nos diera la gana y triunfaríamos sin gastar una gota de sudor.

En eso, golpearon la puerta con fiereza. Era Bostrom.

—Alan, funciona. ¡Copérnica vive!

Capítulo 16

Habían pasado unas semanas del encuentro con Ingrid Velvet, la Suma Sacerdotisa. Eva permaneció sana y salva todo ese tiempo. Caviló, meditó y juntó valor. Por fin. Recién ahora se daba cuenta de lo que logró con ese encuentro. Su actitud no hizo más que confirmar todas sus sospechas. Y eso supuso que la envalentonaría al extremo, pero por mucho que lo deseara, en su interior se maceraba todo lo contrario.

Pese a tenerla a su merced, temía dar el primer paso. Todavía cabía la posibilidad de que algo saliera mal, y no quería caer en ese error. No solo ponía en riesgo su carrera, sino también su vida.

Golpeó la puerta de su antigua casa, ya algo percudida por el paso del tiempo, y aguardó extrañada.

Su padre era un hombre abocado al mantenimiento del hogar, y si no lo hacía por su propia cuenta, era su mujer quien lo obligaba a hacerlo; de modo que, mal que mal, todo solía encontrarse en perfecto estado. Pero esta vez era distinto. El polvo en las esquinas, varios diarios en la puerta, humedad en el aire.

Observó la entrada con recelo.

Algo pasaba.

Volvió a golpear la puerta. No sabía qué tan viejos podían estar, hacía un par de años que no los veía. La última vez fue cuando festejaron su cambio de trabajo con una cena en el patio.

Ella trabajaba en un diario local como líder del equipo de investigación y, tras ganar un premio por una historia que involucraba al intendente con una red de trata, le llegó una oferta de la capital que no pudo rechazar. Por lo que esa cena fue de festejo, pero también de despedida.

Un vendaval de culpa la hizo tomarse el estómago. Sintió como si una montaña de sacos de arena se le hubiera caído encima.

¿Cuánto había pasado de esa última vez? Entretanto, llamó para los cumpleaños, sí, ¿pero alguna vez hizo el esfuerzo de ir a visitarlos?

Se repitió un par de veces que había estado muy ocupada y trató de no pensar demasiado en ello. Volvió a arremeter contra la puerta. Un nudo anidó en su garganta. Golpeó con más fuerza.

—¿Mamá? ¿Papá? —Más golpes—. ¿Hay alguien?

Pero el silencio fue su única respuesta.

Respiró hondo. Hurgó en su cartera y dio con su llavero. Apartó las de su casa y se hizo con la que solía usar de joven. Introdujo la llave en el cerrojo y la hizo girar. Su corazón latía con el ritmo y la intensidad de un tren que pasaba por un puente.

Abrió la puerta.

No tuvo tiempo para la nostalgia a pesar de lo mucho que la había ansiado, se abocó a encontrarlos apenas puso un pie dentro.

Su mente intentaba bloquear inútilmente la imagen de los dos tendidos en el lecho de su enorme cama matrimonial, sosteniéndose las manos, tiesas y frías, con los párpados entreabiertos, con los pechos adormecidos. Sin embargo, antes de llegar a su habitación, encontró otra carta con su nombre que reposaba en la mesa del comedor.

Tenía la letra de su padre.

Hija:

perdón por no tener la casa en condiciones. Estuve llamándote estos últimos días, pero me parece que no tuviste señal. Y como nunca me llegaste a enseñar cómo mandar mensajitos, no te pude escribir.

Estamos en el hospital. Tu mamá enfermó hace un par de días. La tienen en terapia intermedia. Seguro es una neumonía pasajera, nada de qué preocuparse. O al menos eso dice ella. En nuestro matrimonio mamá fue siempre la que sabía las cosas, vos entendés. Te esperamos.

Papá

Eva revisó su celular y se dirigió de inmediato a los registros telefónicos. Tenía como quince llamadas perdidas de su padre. Ella le había cortado en cada una de ellas; nunca la había llamado por algo importante. Lloró al darse cuenta de cuán oscuro y frío se había vuelto su corazón en los últimos años.

Capítulo 17

Con Frey salimos disparados de nuestros asientos y, cuando atravesamos el umbral, me palmeó el hombro. Me pedía disculpas por desconfiar de mí y a la vez me perdonaba por el traspié con la presentación de Copérnica. Le sonreí; volvíamos a estar en el mismo barco.

Casi que corrimos detrás de Bostrom. Se escuchaban aplausos y risotadas a la distancia. Corchos de champaña cruzaban la empresa como flechas de estela espumosa. Había abrazos, lágrimas y cánticos. Me asomé por uno de los balcones y vi, con algo de sorpresa, que revoleaban a alguien por los aires. Quise evitarlo, pero me imaginé a quién podían llevar en andas cual campeón olímpico. Solo me restaba saber por qué ridícula razón sería esta vez.

Bajamos los tres y nos encontramos con el tumulto, saludándonos y felicitándonos en un alboroto que me tenía con el corazón en la garganta. Vi a Ordoñez ser alzado por sus compañeros, bajándose una botella de champaña él solito, empapando su camisa y el collar de flores hawaianas que le habían colgado del cuello. Lo miré sin entender y solo pude romper en carcajadas.

—Ordoñez lo solucionó, Alan —me explicó Viktor a los gritos para poder imponerse en medio de la algarabía que nos rodeaba—. La programación intempestiva nos agarró por sorpresa y generó una sobrecarga en el sistema eléctrico. Con el apagón,

Ordoñez suspendió un partido que iba a ver y puso a sus contactos a trabajar.

—¡¿Un partido?! —preguntó a unos metros de distancia, haciéndose escuchar—. No era solo un partido, era la final de la Champions, era...

Ordoñez continuó con su discurso, pero ya habíamos dejado de escucharlo. Bostrom echó sus ojos hacia atrás y retomó su explicación.

—Cinco minutos más tarde teníamos dos grupos electrógenos del tamaño de una casa estacionados en la entrada.

Después me enteraría de que Ordoñez en realidad se encontraba viendo el partido en un rincón desértico de la empresa. Cuando se cortó la luz, si bien es cierto que hizo uso de sus contactos para reparar los daños, no fue que lo hizo por Copérnica, sino más bien para poder ver su partido.

Así y todo, trepé la montaña de empleados y lo besé en la frente. Bebí de su champaña, dejé que me revolearan un poco junto a él, y volví a mi lugar junto a Bostrom y Frey, que me aguardaban con una sonrisa de oreja a oreja.

—Ahora sí, veamos qué tenemos.

Llegamos a la oficina central en la que todos los jefes conversaban con una alegría contagiada que jamás les había visto.

Se hizo una pasarela y nos aplaudieron a los tres, conscientes de que ellos también eran los principales responsables de que Copérnica diera su primer respiro.

Devolvimos el aplauso con una cordialidad inusitada y nos acercamos al inmenso monitor en el que se proyectaba un resumen de la programación.

La verdadera computadora se encontraba en la sala de máquinas. Bostrom se dispuso a leer las gráficas.

—¿Y bien? —le pregunté ansioso.
—Cinco años, Alan. Y contando.
Frey volvió a palmearme en la espalda. Estaba llorando.

Capítulo 18

Eva entró en el hospital, las piernas le temblaban. Su angustia se trocó en pavor y le fue difícil evitar el tembleque en los labios. Los pasos apresurados, las batas blancas, las camillas chirriando, la vorágine desenfrenada. Su alrededor no hizo más que conmocionarla y dejarla paralizada en la entrada al nosocomio. La autosuficiencia que supo acompañarla toda su juventud de pronto la abandonó como ella había abandonado a sus padres: sin aviso ni compasión.

Un empujón por detrás la hizo trastabillar hacia adelante, pero Eva aprovechó el envión para arrancar a caminar, ya que de otro modo no le hubiera sido posible. Buscó los carteles de internación y al cabo de unos turbulentos minutos, en los que todo fue borroso, terminó dando con ellos.

Preguntó en la recepción por el paradero de su madre y un enfermero se lo aportó en cuestión de segundos. Fue acercándose con lentitud a la habitación. Temía encontrarse a su padre sollozando al pie de la cama y a su madre envuelta hasta la cabeza con una sábana. Temía no haber estado en los momentos más difíciles de su familia. En los momentos en que más la necesitaron. Temía haber llegado tarde, por simple y pura desidia.

Atravesó el umbral y una bocanada de alivio ingresó en sus pulmones, aflojándole los músculos y bañando sus ojos en lágrimas. Su padre dormitaba sentado en una silla contra la ventana, con las

manos abrazaba un libro viejo sobre el regazo y tenía la cabeza gacha apoyada en su pecho. A su lado descansaba su madre, conectada a unos respiradores y con una vía en el antebrazo derecho que la embebía con algún medicamento. Respiraba con fragilidad y empañaba su mascarilla en un estridor grave y herrumbroso, como si el mantenerse viva fuese más un calvario que una bendición.

Había adelgazado desde la última vez que la había visto y sus músculos colgaban de los huesos apenas por unos hilos que, supuso, serían sus tendones. Su piel se había agrietado y había tomado un color pálido ceniza que le otorgaba un chocante aspecto cadavérico. Una simple neumonía, se dijo, y rabió con los dientes. Su madre a duras penas luchaba por mantenerse en el mundo de los vivos.

En eso, su padre despertó. Estaba viejito ya, era mayor que su madre, y, sin embargo, ahora parecía unos cuantos años más joven. La enfermedad la había hecho envejecer de una forma escalofriante. Así y todo, la sonrisa que se le dibujó en el rostro no tuvo precio.

—Llegaste —dijo, apoyó el libro a un costado y se puso los anteojos.

El libro era la Biblia.

En un esfuerzo desmesurado, su padre se puso de pie. Eva se apresuró para ayudarlo. Se dieron un tierno abrazo. Había olvidado cuánto los extrañaba. De haber sido por ella, habría deseado que aquel abrazo durara para siempre. El calor de su pecho, sus brazos frágiles que se tornaron fuertes y asfixiantes, sus lágrimas humedeciendo su cabello, su respiración entibiando su nuca.

—Va a estar bien —le dijo entre sollozos. Buscaba consolarla cuando en realidad era él quien necesitaba consuelo.

Eva asintió. Se despegó de su padre para volverse y mirar a su madre postrada en la camilla. Había querido visitarlos una última

vez antes de embarcarse en lo que se convertiría en el punto más álgido de su carrera periodística, de modo que, en caso de que todo saliera mal, hubiera podido despedirse de ellos como correspondía. Pero la vida jamás se amoldaba a lo que uno quería o esperaba. Tenía que hacer frente a la situación sin haberse podido preparar para ella, debía ser fuerte para su padre, para ella misma.

Vio una bandada de médicos pasar por la puerta de la habitación y seguir de largo. Personas sin corazón que arreglaban humanos como si de máquinas se tratara. Resolviendo acertijos, congratulándose por ello y alimentando su ego hasta niveles exponenciales. No los juzgaría. Dependía única y exclusivamente de su capacidad. De sus diez mil años estudiando, sus quichicientos exámenes, sus fines de semana de guardia, sus horas sin dormir, sin comer. Todo eso, en el mejor de los casos, terminaría por salvar a su madre. Pero no estaba segura de contar con esa suerte.

Por momentos deseaba poder creer en un dios milagroso, en un ser al que acudir y en el que confiar para al menos así no tener que depender de personajes de batas blancas y bolsas negras bajo los ojos.

Eva sintió que su padre le apretaba fuerte los dedos, que las venas de su piel percudida se palpaban entre medio de los suaves pelos que decoraban el dorso de su mano. El anillo de matrimonio le bailaba en el anular. Eva le devolvió el gesto y lo miró a los ojos. Era un hombre que irradiaba bondad. Se quitó las gafas para secarse las lágrimas con el antebrazo y volvió a ubicarlas sobre su nariz. Inspiró hondo.

—Eva, querida. —Su voz quería ser fuerte, pero distaba mucho de serlo—. ¿Me ayudás a rezar?

Capítulo 19

—Ella es mía —dijo con su voz hosca, y lo atravesó con una lanza.

Nuria se quedó viendo las gotas escarlatas precipitándose contra el suelo y largó una carcajada. Roy retiró su arma, arrojó el cuerpo de su compañero a un lado y miró a la joven que lo observaba con las piernas abiertas.

Roy moriría semanas más tarde cazando venados, sin llegar a ver nacer a su hija. Era el sexto año de la primera generación simulada de Copérnica, y ya los hombres se habían extinto.

Así y todo, los felicité por el logro conseguido. Para ser honesto, no esperaba ni dos meses de simulación, al menos no en el primer intento. El hombre era demasiado violento, más de lo que previmos en nuestros algoritmos. Necesitábamos que la reproducción fuera florida para poder ampliar la población y así las probabilidades de sobrevida. Nunca consideramos que junto a la alta tasa de natalidad conseguida, devendría también una enorme mortalidad masculina, así como el nacimiento de tres mujeres cada un varón.

Comenzaron a hacerse los ajustes necesarios casi de inmediato. La idea era que Copérnica tuviera vida propia, pero para que sirviera a nuestros intereses, necesitaba una mano que interviniera la gigantesca matriz que mantenía todo unido y que solo permitía que los copernicanos sobrevivieran seis años. Necesitábamos que los hombres no se asesinaran entre ellos, que tuvieran una cuota

de violencia ligeramente menor, que diseñaran nuevos modos de impresionar a sus mujeres, que fueran más cautelosos, que pudieran hacer uso de sus cerebros digitalizados que tanto tiempo nos tomó diseñar.

Mes a mes, lográbamos simular cada vez más años. Pero todavía no era suficiente. No podíamos superar la edad de piedra, los inútiles seguían muriéndose. No vimos otra opción más que adelantar sus «momentos eureka», como me gustaba llamarlos. Enviarles tormentas eléctricas constantes hasta que pudiesen manipular el fuego de un árbol, hacer rodar rocas redondeadas por acantilados hasta que se les ocurriese la idea de crear ruedas. Llegado el caso, pensábamos en tirarle un costal de manzanas sobre la cabeza a cualquier pequeño genio en física, pero por lo pronto no estábamos ni cerca.

Una noche desperté con la misma pesadilla de siempre. El dolor en las sienes me acompañó unos quince minutos. Recordé la curva, las luces, el sonido atroz del metal estrujándose. Respiré hondo. Otra vez la soledad.

Ya había mudado casi todas mis cosas a Sima. Los cerebritos que trabajaban por la noche ya estaban acostumbrados a mis caminatas nocturnas. Pero hacía unos días me sorprendió la presencia extrahoraria de empleados que no se caracterizaban por sus cualidades intelectuales. Y por tales empleados me refiero a Ordoñez.

Me vestí, llené mi vaso térmico con café y salí de paseo, en búsqueda de mi empleado estrella. Sabia decisión el haber salido en pantuflas: solo podía escucharse el leve murmullo de quienes no querían ser escuchados.

Avancé en dirección al sonido, me adentré en lo que solía ser el departamento de legales y que ahora correspondía a biología marítima, e intenté hacer el menor ruido posible. Recién ahí me di cuenta de lo poco que conocía la magnitud de la empresa; nunca había caminado por ese departamento. La verdad es que de biología entendía poco y nada, menos aún de cetáceos y lo que fuera que mis empleados hubieran decidido arrojar al agua.

Del medio del salón colgaba un esqueleto gigante de lo que habría de ser una ballena y me dio muchísima vergüenza ver que los huesos eran reales. No porque lo considerara una aberración a la vida silvestre, sino más bien porque los esquivos hijos de puta habían logrado contrabandear un tanque de huesos y yo ni me había enterado. Me limité a fruncir la boca hacia abajo mientras asentía con una especie de orgullo que era difícil de explicar.

El murmullo ya eran voces nítidas pero solapadas. Gritaban en un cuchicheo. Trataban de contener su excitación, reían, peleaban, hasta que, de pronto, su voz. La inconfundible voz del jefe de piratería en Sima.

Ordoñez.

Me asomé con cuidado de que nadie se percatase de mi aura siquiera. Había una especie de anfiteatro —¿para qué carajos podían necesitarlo los biólogos?— colmado por miembros de la empresa. Alzaban sus manos, tecleaban en sus laptops, chocaban los cinco, se daban abrazos, reñían, intercambiaban dinero; todo en el mayor de los silencios más absurdos que pude ver en mi vida. Al frente de ellos, claro, dirigiendo la presentación, mi queridísimo empleado. Detrás de él corría en el telón una versión de Sima de la que no tenía conocimiento. Un par de los chicos de programación dirigían la orquesta al pie del escenario.

—Más bajo —dijo Ordoñez, e hizo ademanes con las manos para luego continuar—. Todo queda anotado, amigos, no hace falta que muevan la plata ahora. Cuando terminemos, los muchachos les van a pasar el resumen de los saldos por correo. El viernes, a la hora que dijimos, se harán todos los depósitos y se acabó la cuestión, ¿soy claro?

Hubo un asentimiento general y el sosiego logrado por Ordoñez volvió a interrumpirse casi de inmediato. El hombre se acercó a los de programación, habló cuestiones técnicas y volvió con una sonrisa al centro del escenario.

—Este simulacro, ¡mamita querida! —Y se refregó la cara, conteniendo una carcajada—. Nunca hicimos algo como esto. Venimos de un enfrentamiento entre una familia de cinco y un oso, una batalla entre dos aldeas del año cuarenta y siete, luchas, luchas y más luchas. ¿Qué me dicen si probamos con supervivencia a la naturaleza?

Se aferraron a los apoyabrazos de sus asientos, se abalanzaron hacia adelante y por poco caen de sus butacas. Estaban extasiados.

—Queríamos empezar con algo sencillo para ver qué tal sale. ¿Qué les parece cinco mujeres, cinco varones, todos de distintas edades, en un campo de pastizales?

—Jugando a las escondidas —lo interrumpió Roszen, de escenarios, y varios se le partieron de risa en la cara a Ordoñez. No le gustó nada.

—No, pero bien que vos jugaste a las escondidas el otro día que me encamé a tu vieja. —Seis años. No había forma de que Ordoñez tuviera más de seis años—. En fin. Diez personas del año veintidós, en un campo de pastizales, en plena tormenta eléctrica. Las temáticas a apostar son: último sobreviviente, primero en morir, primero en ser impactado por un rayo y primero en morir asfixiado.

Escuché cómo llenaron sus pulmones de aire para luego espirarlo de a poco con el objetivo de tranquilizar sus mentes ya muy perturbadas por el imbécil que les hablaba. Ordoñez presentó a los diez protagonistas del escenario en la pantalla y las apuestas no se hicieron esperar. Los empleados se abocaron a sus computadoras y llenaron el programa de números con constantes chequeos de sus cuentas bancarias.

Me mordí los labios.

¿Debía apostar por la mujer con sobrepeso o por el anciano decrépito?

Capítulo 20

Eva tomó asiento junto a su padre y acompañó la oración en silencio. El hombre le tomaba con fuerza la mano mientras murmuraba plegarias inentendibles. Ella observó a su mamá, con la mirada perdida en la ventana detrás de ellos, su pecho inflándose con dificultad y el constante soplido del filtro de oxígeno que inundaba la sala y sus pulmones. Estaba estable, pero aquello no podía ser considerado vida digna. Todavía quedaban chances de curación, eso habían dicho los médicos, pero se preguntaba cómo podía ser optimista cuando su madre estaba más cerca de ser un vegetal que un ser humano.

La oración terminó en el momento en que la tensión en su mano se aflojó. Eva lo miró con cariño y besó su alianza. Lo vio bajar la cabeza resignándose a la realidad, ocultando las lágrimas.

—Caminemos —le dijo ella.

Lo tomó del brazo y lo ayudó a incorporarse. Él la miró con desconcierto y luego giró la cabeza hacia el amor de su vida, para terminar apretando los labios en reproche.

—No puedo dejarla sola.

—Lo necesitás, papá.

—Pero...

—Pero nada. Llevás acá una semana, no te tomaste ni un descanso. No quiero que te terminen internando a vos también.

—Hija...

—Papá, está en muy buenas manos. Va a salir adelante, vos mismo lo dijiste. Confiá. Relájate. Respirá un poco de aire.

Lo vio asentir con desgano. Seguido a eso, fue hasta el pie de la camilla y acarició a su esposa a la altura de los tobillos. Infló el pecho, suspiró y permitió que Eva lo asiera del brazo para acompañarlo a la salida.

—¿Por qué dejaste de creer en Dios? —le preguntó luego de unos minutos, mientras caminaban por uno de los patios internos del hospital.

La pregunta la tomó por sorpresa. Se quedó observando la pequeña plaza que se habían inventado entre tanto cemento y trató de ganar tiempo antes de herir sus sentimientos.

—No es así.

—Seré viejito pero no tonto, Evi. —Le sonrió; casi la hace llorar—. Llevás años empecinada en destruir su imagen y él nada te ha hecho, más que crearte. —Y le sacudió la cabeza con alegría—. Pero no quiero discutir y hacerte mentirme, quedate tranquila. Solo quiero saber qué fue lo que te disparó la idea de que no existe.

Eva sopesó cuán inteligente sería serle brutalmente honesta en una situación tan delicada, o bien ser suave, condescendiente, y tratar de posponer la charla a un momento más adecuado. A un momento en el que no necesitase tanto la existencia de Dios como en ese entonces.

—Supongo que la muerte de Gabi...

Suspiró. Gabriel era su hermano menor. Un niño regordete de ojos claros y cabellos dorados de querubín. Pocas veces un niño había sido tan amado.

—Hija...

—¿Qué Dios permitiría el cáncer en un bebé? —Lo frenó en seco y lo miró a los ojos—. Una cosa es la violencia, la inseguridad, la pobreza y todas las consecuencias que vienen con el libre albedrío, ¿pero el cáncer? ¿El cáncer en un bebito hermoso de ocho meses? ¿Qué explicación lógica puede tener eso?

Su padre la tomó de la cabeza y la abrazó contra su pecho. Eva soltó unas lágrimas y se permitió por fin llorar desconsoladamente.

—No fuiste la única en sufrir con Gabi, mi amor.

—No quise decir que no, pa.

—Así y todo, me cuesta no intentar convencerte de que Gabi en verdad está en un lugar mejor. —Eva guardó silencio—. De que todo en la vida es por algo, de que el Señor actúa de modos misteriosos y todo sigue las indicaciones de un gran plan maestro. Entiendo que no lo creas, pero es mi obligación como tu padre prestarte un poco de esperanza.

—Eso es lo que no entiendo, ¿quién puede ser tan hijo de puta como para diseñar un plan que involucre tanta maldad?

Eva quiso refrenar su pregunta justo cuando terminó de pronunciarla. Esperaba una mirada reprobatoria, incluso un exabrupto por la provocación, pero su padre le sonrió.

—Por años me pregunté lo mismo, ¿sabías? —Y le corrió el mechón de pelo que le colgaba por la frente para poder ver mejor sus ojos—. Con el tiempo me fui dando cuenta de que no ganaba nada intentando entender, que ninguna explicación iba a poder satisfacerme. Pero también encontré respuestas que me ayudaron a procesarlo.

»Nunca vamos a saber si Gabi se nos fue para que nos uniéramos como familia frente a la adversidad. O tal vez para que valoráramos la vida y el tiempo compartido. O para que nos brindemos del

todo al prójimo porque no sabemos cuánto es que dura la vida de nadie, ni la de los que nos rodean ni la propia. Quizás, en una de esas, estos chicos inocentes se nos van para que unamos esfuerzos como especie para hacerle frente a un mal mayor. Y todo porque ese alguien que toma las decisiones sabe que el reencuentro es inminente y que la vida que tenemos no es más que algo transitorio.

Eva se aferró al pecho de su padre y respiró su transpiración como hacía años no lo hacía. Un recuerdo hermoso se gatilló en su cabeza. Se vio de pequeña, corriendo desenfrenada hacia la puerta de entrada cuando escuchaba a alguien revolver las llaves del otro lado. Vio a su padre abriendo la puerta y extendiendo los brazos para recibirla. Ella lanzándose a su pecho, impregnándose con su aroma luego de un arduo día de trabajo. Él llenándola de besos bajo la cariñosa mirada de su madre.

Aprovecharon para tomar un café y volvieron despacio por el parque. Observó cómo los niños jugaban y los pájaros volaban de un árbol a otro, canturreando y llevando su música a cada rincón del hospital.

Cuando estaban por llegar a la habitación de su madre, percibió una vibra que por poco la sofoca. Vio las batas de los médicos ser revoleadas al ingresar a toda velocidad a la habitación, los pasos apresurados de las enfermeras convulsionaban las paredes, pedían permiso, movían maquinaria, se huracanaban en el traspaso de jeringas y equipo médico. Sus ojos intentaron seguir toda la secuencia sin éxito. No quería tratar de dilucidar qué era lo que sucedía, simplemente se limitó a observar, paralizada, la vorágine desde su lugar. Y de súbito: la calma.

Sintió que su corazón se detenía.

Capítulo 21

Copérnica nunca estuvo pensada ni diseñada para el ocio. Pero así como las bicicletas fijas fueron inventadas para hacer ejercicio, nadie se iba a quejar por tenerlas de perchero en la habitación.

Por lo pronto, le pedí a Ordoñez que mantuviera su pequeño negocio en las profundidades de la empresa como ya lo hacía. Una especie de club de la pelea en el que lo preferible era que nadie supiera de su existencia, a pesar de que todos hubiesen asistido alguna vez. Toda empresa necesitaba de su mito.

Tenía una reunión programada para las nueve con Bostrom y Palumbo. Copérnica avanzaba con paso firme, pero más lento de lo que me hubiera gustado. Con suerte llegábamos a los cien años de simulación, y para entonces el proyecto debía ser más prometedor. Y ellos lo sabían.

Adriana ingresó con Viktor siguiéndola por detrás. Si bien él era relativamente alto y espigado, verlo de pie junto a los pocos centímetros que debía medir Palumbo lo volvía un gigante. O a ella una niña de primaria con muchísimas arrugas.

—Buen día, Alan —me saludaron los dos con una sonrisa en sus rostros. Parecían más enérgicos que de costumbre, más efusivos.

—¿En qué andan ustedes?

Los dos me miraron con sorpresa y Bostrom sonrió.

—Tenemos buenas noticias.

Le di una palmada en el hombro y fui hacia la cafetera para traerles sus tazas.

—Los escucho —dije, y los tres tomamos asiento.

—Despegó —informó Adriana—. Hubo un salto en la simulación. Estamos por completar el primer milenio.

Volqué mi taza de café y no me importó en absoluto.

—¿Cómo que un milenio? Viktor, ¿me está jodiendo? Porque la despido. Así como me escuchás, patitas en la calle.

—Mil años, no miente —dijo quitándose los lentes para limpiarlos. Estaba exultante.

—¡¿Mil años?! —volví a preguntar, como si el hecho de repetirlo los hiciera replantearse su respuesta—. ¡¿Qué pasó?!

—Es difícil de explicar... —empezó Bostrom—. Venían chocando y chocando contra sus propias limitaciones. Es más, ya perdimos la cuenta de la cantidad de simulaciones que fueron necesarias para que pudiesen vivir lo suficiente.

—¿Vivir lo suficiente para qué? Metele, Viktor.

—Bueno —aclaró su garganta—, no sé cómo te vas a tomar esto. Pero los copernicanos hicieron un descubrimiento que lo cambió todo. Ninguna generación previa sobrevivió lo suficiente como para dar con semejante...

—¿Semejante qué?

—Descubrieron a Dios, Alan.

Los miré con sorpresa.

—¿Dónde?

—Más que dónde, cómo —contestó Bostrom con satisfacción.

—Y a quién —intervino Palumbo, e hizo un gesto dirigido a Viktor que no comprendí del todo.

—Sean claros, por favor.

Bostrom infló el pecho y sonrió de manera agridulce. No sabía cómo empezar.

—Desde el principio —lo alenté.

—A ver, cómo decirlo... Básicamente, no les quedó otra que crearlo. El surgimiento de la religión logró, bajo mi punto de vista, dos cosas. La primera es que unió a una sociedad fragmentada y violenta. Con la existencia de un ser superior, los egos pasaron a jugar un papel secundario; casi todos los copernicanos aprendieron a ubicarse por debajo del creador con una docilidad sin precedentes. Y eso que no tocamos nada para que lo hicieran. Se permitieron un sentimiento de igualdad ante los ojos de quien los puso en el mundo, calmaron sus ansias y, de la nada, se pusieron a trabajar codo a codo como colegas más que como contrincantes.

Debía recordar que Viktor era programador y no sociólogo. De modo que tomé aquello como de quien vino. Era, sin lugar a dudas, mi mejor empleado, pero no sé bien si todo era tan así como lo decía. La idea general me pareció lógica, después de todo, era muy probable que el hecho de inventarse un ente superior que los rigiera lograse que el caos al que estaban sometidos por fin adquiriera cierto orden. En eso podía llegar a tener razón.

—¿Y la segunda?

—¿La segunda qué?

—Dijiste que la religión logró dos cosas. Los unió como copernicanos y...

—Sí —asintió con rapidez mientras se acomodaba los anteojos—. Eso. Y, además, les dio algo por lo que vivir.

—Pudieron ponerle nombre y apellido a todo lo que desconocían —acotó Palumbo—. Llenaron ese vacío de la duda, esa angustia de no tener respuestas para todo, de dejar ser sin entender por qué. Con un Dios adormecieron su hambre por el conocimiento de lo que

los excedía y eso les trajo una tranquilidad que no habían tenido en siglos.

—La angustia mayor, y me refiero a la de la muerte —dijo Bostrom—, fue anestesiada con la falsa promesa de una segunda vida. Y, paradójicamente, el haber minimizado la muerte los está haciendo vivir más que antes.

Guardé silencio tanto como pude. Yo no creía en Dios como la entidad que la Suma Sacerdotisa y su parva de ladrones nos querían hacer entender. Mis padres eran cristianos, fui a un colegio con formación católica, y no hubo bala religiosa que pudiese atravesar mi armadura agnóstica. Podía haber un ente creador, alguien que hubiese desatado el Big Bang, o lo que fuere. Pero de ahí a que ese alguien nos estuviese mirando en todo momento, escuchase nuestras plegarias y juzgase nuestros pecados, me parecía un montón. Cuanto mucho, nos creó sin querer, pero dudaba que incluso supiese de nuestra existencia en su vasto e infinito universo.

Acomodé la taza de café, apoyé mis codos en el escritorio y junté las manos frente a mi barbilla.

—Ahora que lo pienso... —Hice una pausa. Ambos me cedieron la palabra al levantar el mentón y arquear las cejas—. Acabamos de toparnos con la respuesta a una pregunta que ni nos hicimos al iniciar Copérnica, ¿se dieron cuenta? —me reí—. Contra todo pronóstico, chicos, casi que podemos afirmar que no es Dios quien creó al hombre, sino el hombre quien se vio obligado a crear a Dios.

Se miraron y vi sus cabezas trabajando a toda velocidad. Viktor tal vez sí, pero estaba convencido de que Adriana jamás se imaginó estar parada donde estaba ahora, chocando contra todas las creencias que alguna vez aceptó como posibles. La excitación nos trepaba por las vías nerviosas y hacía temblar finamente todas y

cada una de las partes de nuestros cuerpos. Sentía la sangre hervir en mis venas; jamás me había percatado de estar tan vivo.

—Pero lo cierto es que alguien los creó, Alan —repuso Bostrom.

—Sí, nosotros —replicó Adriana.

—Exacto. Fíjense entonces cuán lejos podríamos estar de comprender a quien nuestra cultura considera su Dios. Lo lejos que estamos siquiera de intuir la realidad en la que estamos embebidos, no teniendo otra salida que adorar una deidad falsa, ingenuamente inteligible a pesar de que escape a todos nuestros sentidos.

Los vi aceptar el reto, sonreír y luego repetir aquella mirada que contradecía por completo a sus labios estirados en arco. Un sinsabor entre los párpados, una opacidad en sus iris, algo imperceptible con objetividad, pero con una presencia indudable.

—¿Qué? —solté, molesto.

Volvieron a mirarse de reojo.

—¿Se lo decís vos? —preguntó Adriana.

Viktor asintió.

—Estamos tan entusiasmados como vos, Alan. Pero hay un pequeño problema.

—Largá.

—Es algo menor y no va a modificar en nada el desarrollo de Copérnica. Pero nos pareció insultante ocultártelo.

—Viktor —levanté un dedo y alcé la voz—, por tu bien que digas de qué se trata en tu próxima articulación de palabras, porque si no me voy a ver obligado a destruirte. Me voy a asegurar de que sufras muchísimo, te lo prometo.

Bostrom sacó una pequeña tableta de su bolsillo, la desbloqueó y me la enseñó con algo de nerviosismo.

—Uno de sus dioses tiene... Es bastante particular. Creemos que alguien se enteró del nuevo descubrimiento y no perdió el tiempo: se infiltró en el código de Copérnica y alteró algunos datos.

—¿De qué me estás hablando? —dije mientras dirigía mi mirada hacia la tableta.

—Esta imagen está repartida a lo largo y ancho de la aldea de los Kuritava.

En la captura de pantalla podía verse un altar adornado por tributos, sobre el que reposaba una cabeza finamente tallada en madera. Se trataba, sin lugar a dudas, del inconfundible rostro de mi empleado estrella: Ordoñez.

Capítulo 22

Eva sintió que las cosas sucedían en cámara lenta. Un médico apoyó su mano fría y despreocupada sobre su hombro, transmitiéndole con tierna falsedad cuánto lo sentía. Informándole que habían hecho todo lo que estaba a su alcance, pero que, así y todo, no fue suficiente. Se abrazó a su padre y esta vez fue él quien la contuvo a ella.

Los profesionales comenzaron a abandonar la habitación para dejarlos a solas con «el óbito de la 214». Quien supo ser su madre se encontraba con los párpados cerrados, petrificada sobre la camilla. Recién ahora se daba cuenta de lo mucho que añoraba el quejido de su respiración bajo la mascarilla de oxígeno. Aquel ruido tan atroz no hubiera sido más que una bendición por entonces. Pero ya no. Los había abandonado.

Sabía que no era el momento, pero si su padre ahora no coincidía con que el Dios en el que él creía era un flor de hijo de puta, entonces jamás lo haría. Sin embargo, con la voz entrecortada y los ojos sumergidos en mares de tristeza, pareció leerle la mente al pasarle un brazo por detrás del cuello.

—Tal vez para vos sea más difícil —escucharlo compadecerse por ella en el momento más difícil de su vida le rompió el alma—, yo vengo haciendo el duelo desde hace unos días ya. Tu madre solo empeoró desde que llegamos al hospital. Era cuestión de tiempo.

Eva iba a hablar, pero su padre tomó una bocanada de aire de modo tal que no lo interrumpiera. Hizo una caricia en su hombro y prosiguió:

—Y eso tal vez me permite ver las cosas con mayor claridad. No soy necio, la única certeza en la vida es la muerte, y siempre fui consciente de que a alguno de los dos nos iba a llegar en algún momento. Si bien siempre creí que el primero iba a ser yo, agradezco al cielo que no haya sido así, Evi.

—¿Por qué decís eso?

—Porque no hubiera tolerado dejarlas solas en este mundo.

Eva volvió a abrazarlo.

Luego de unos minutos, un médico se llevó a su padre para firmar una serie de papeles en los que él terminaría por consentir el arte médico de lavarse las manos frente a la adversidad.

Eva miró una última vez a su madre y relajó los hombros con resignación. Quería estar enojada con alguien o con algo, pero no podía. Quería estar triste, pero tampoco podía. Se sentía muerta por dentro, y la afligía el hecho de no poder sentir nada. Era desesperante.

En eso, se percató de la presencia de una enfermera que se había retrasado intencionalmente. Mientras arrastraba un carrito hacia afuera de la habitación, se asomó por la puerta y luego se volvió hacia Eva.

—Fuiste vos, ¿no? —preguntó la enfermera en voz baja, casi en un susurro, y le sonrió con complicidad—. Vos la desconectaste, ¿cierto?

Capítulo 23

El espécimen paseaba por la jungla como si la dominase. Iba de rama en rama, saludaba a sus compañeros, se ponía al día. Recababa información sensible de presas débiles, desperdigando rumores maliciosos contra quienes se oponían a su hegemonía, cobrando deudas, sembrando préstamos, manejando los hilos ocultos de un entramado que él mismo se encargó de tejer. Ordoñez era todo un objeto de estudio, podían hacer documentales sobre él. Y yo, aunque me costara admitirlo, los habría mirado a todos y cada uno de ellos, fascinado.

En ese momento lo observaba desde lo alto de la empresa, asomándome por un balcón interno que daba al patio principal. Habían pasado unos meses ya de su intervención en el código de Copérnica, postulándose como el primero de varios dioses que habían surgido. Sin embargo, y gracias al cielo, su estrellato en el simulador fue fugaz. Los Kuritava no pudieron soportar el asedio de los Galangos y no tuvieron otra opción que convertirse o ser exterminados. El reinado divino de Ordoñez quedó en el olvido casi de inmediato. No obstante, cada rincón de Sima tenía algo que decir sobre él.

Estudiarlo hacía más amena mi estadía en la empresa. Siempre que surgiese una queja, un revuelo o un festejo, de algún modo u otro él estaba involucrado. Era como un niño suelto al que le pagábamos por jugar. Lo inverosímil era que a nadie parecía molestarle.

Había noches en que me llevaba a la cama el análisis mental de su bochorno del día y lo maceraba en la mente para buscarle algún sentido. Era una suerte de hermano menor con ligero retraso mental adquirido —y buscado—, al que no se podía corregir, por lo que no quedaba otra que contemplarlo y rezar por que no se golpease.

No tenía hermanos, pero sí fui parte de una familia. Me era instintivo querer protegerlo. Tal vez porque mis padres no se preocuparon en cuidarme cuando era chico, tal vez por lo que pasó el día del accidente, o tal vez porque los años me estaban ablandando.

Pensé en ellos por primera vez en mucho tiempo. Me acuerdo que lloré cuando me regalaron una consola de videojuegos para que los dejara trabajar tranquilos. En ese momento, fueron los mejores padres del universo. Y nunca me había detenido a pensar en que habían dejado que me criara una pantalla para no tener que hacerlo ellos. En que algo bueno con ojos de niño podía ser algo terrible tras los lentes de un adulto.

Si bien gracias a esa pasión por los videojuegos me convertí en programador, tuve mi empresa y ahora diseñaba la simulación más revolucionaria de todos los tiempos, algo me decía que todo podría haber sido distinto. Si no hubiese fundado Drunastech, no habría estado esa tarde en la ruta. Si no hubiese estado esa tarde en la ruta, no me habría visto obligado a crear Copérnica años más tarde. Porque Copérnica era un hito en la historia de la humanidad. Me recordarían por generaciones. Pero lo cierto era que, si hubiera podido elegir, habría preferido una realidad en la que me dedicase a la jardinería. Una en la que tuviese buen vínculo con mis padres. Una en la que no...

Ordoñez adoptó una actitud sospechosa y me hizo frenar de golpe mi línea de pensamiento. No me quedaba un solo familiar que se interesase en mí, por lo que a veces pensaba que Ordoñez

podía ser ese corcho que tantos años llevaba buscando para que tapase el agujero de mi bote a la deriva. Pero por más veces que lo hubiera intentado, el corcho terminaba siendo siempre demasiado pequeño, y el agua, mal que me pesara, seguía entrando por los bordes sin compasión alguna. Era ahí cuando recordaba que la solución no estaba en buscar el corcho adecuado, sino en sacar más agua de la que entraba con las pocas fuerzas que me quedaban.

Lo vi extraer de su bolsillo una bolsita negra y pasársela a uno de limpieza cuando le estrechaba la mano. Sonreí. No sé cómo, pero debe haber sentido mis ojos clavarse en su nuca, porque en cuanto me dispuse a aflojar la sonrisa, giró sobre su eje y levantó la mirada para encontrarme apoyado contra la baranda, observándolo.

El muy inútil levantó la mano y me saludó pegando un grito que tronó por las paredes del edificio:

—¿Cómo andas, Al, querido? ¿Todo bien? —Todos en la empresa se callaron—. ¡Si querés, mandame un mensajito!

Lo vi levantar el dedo pulgar y luego guiñarme un ojo. Respiré hondo y me retiré hacia mi habitación antes de que alguien pudiera verme. Negué con la cabeza, aguantando la risa.

Apenas entré, me vibró el celular y suspiré. No me daban un segundo.

Tomé asiento frente a mi escritorio, vi que el mensaje era de Viktor y me llevé las manos a la cabeza.

Alan, nos estancamos. Y esta vez va en serio.

Capítulo 24

—¿Qué? —le soltó Eva convencida de que no había escuchado bien, pero en realidad no quería creer lo que la enfermera le acababa de preguntar.

—Si vos la desconectaste.

Eva la miró abstraída, como si solo su cuerpo estuviese presente en la habitación del hospital pero su mente se encontrara a kilómetros de distancia. La enfermera tomó conciencia de su yerro y aprovechó la catatonía de Eva para abandonar el lugar.

Se volvió hacia su madre otra vez, con los ojos desorbitados y la boca entreabierta. Las dos parecían casi igual de vivas. ¿Desconectarla? ¿No había muerto por la neumonía? ¿Alguien había...?

De pronto, sonó su celular. Las vibraciones la sacaron de su ensimismamiento. Se trataba de un mensaje de texto:

Q. E. P. D.

El código de área correspondía al último lugar en el que había estado.

Al palacio de Ingrid Velvet.

Dejó caer el celular, este se estrelló contra el suelo y la pantalla se astilló por completo. Sus manos abiertas en cuencos comenzaron a agolparse espásticamente en un temblequeo que se extendió

por sus brazos y luego a su mandíbula. Sintió un hormigueo en el rostro, así como la profunda necesidad de gritar, pero la asfixiante incapacidad de hacerlo. Su garganta apenas podía expulsar un hilo de voz agudo, mientras sus carrillos pasaban del carmín al violeta cianótico. Las venas en su cuello se ingurgitaron, los ojos intentaban escapar de sus órbitas, y el terror se transformó en odio.

Eva recogió el celular, comprobó que funcionara y marcó una seguidilla de números. Sus dedos temblaban, pero con la sangre escaldando por dentro.

—Zuco... —se interrumpió al recordar que debía volver a respirar para poder seguir hablando.

—¿Eva? —se preocupó su compañero—. ¿Estás bien?

—Zuco, escuchame. Publicá todo.

Hubo un tenso silencio en el que Zuco no pudo más que permitir que los pelos de su piel se erizaran, ingobernables. Sin embargo, no fue el pedido lo que lo horrorizó, sino más bien el tono rabioso en el que se lo había dicho.

—¿Estás segura?

—Todo.

Capítulo 25

Examiné su rostro: su cabello relucía bajo una delgada capa de grasa, sus ojos estaban inyectados en sangre, las bolsas bajo estos amortiguaban su inminente caída sobre los labios, una pelambre pronunciada había brotado de su pulcra piel, y su cuerpo portaba un casi imperceptible temblor que lograba ponerme intranquilo. Jamás en todos esos años había visto así a Viktor.

Apenas me mandó el mensaje, quedamos en reunirnos en mi oficina. Y ahí me esperaba, fuera de la agenda, inseguro, alterado, molesto. Viktor Bostrom había dejado de ser él mismo, y eso solo podía significar algo malo.

Perdón, algo terrible.

—Tranquilo —dije acercándole una silla y obligándolo a permanecer sentado. Medité sobre si ofrecerle café, pero su aspecto me forzó a pensar lo contrario. Serví dos vasos de *whisky* y le acerqué uno—. Contame, soy todo oídos.

Viktor empinó su vaso en un parpadeo. En sus ojos se reflejó el fuego que sintió en su esófago y luego escuché el estertor orgulloso con el que intentaba ocultar el malestar a la vez que simulaba aclararse la garganta. Levanté mi vaso, brindé en el aire y también hice fondo blanco. Si él lo necesitaba, yo aún más.

—Todo venía muy bien, carajo, pero no hay forma de hacer que avance.

—Calmate. Por partes. Desde el principio.

—¿Qué más hay que explicar? —Revoleó la mano con la que sostenía el vaso con violencia y por poco se le cae—. No se puede. Llevamos tres semanas sin avanzar un solo día.

—Bajame el tonito. —Bostrom convulsionó en un espasmo y adoptó una postura distinta. A veces hacía falta marcar la distancia y recordar quién era el empleado y quién el jefe—. ¿Tan terrible te parece? No es la primera vez que pasamos por esto.

—Sabé disculparme, pero te habrás dado cuenta de que estoy algo estresado —dijo cabizbajo. Sé que estuvo a punto de llamarme «señor Sydrunas», pero por suerte no lo hizo; tampoco lo quería tan distante—. Sí, tuvimos estancamientos antes, pero ninguno de semejante magnitud. Siguiendo las estadísticas, es la primera vez desde el inicio de Copérnica que tenemos más de dos semanas de meseta. Y no veo que el panorama sea muy alentador.

—Estábamos bastante cerca, ¿o me equivoco?

—¿Cerca de qué?

—De una civilización casi tan avanzada como la nuestra. Ya casi lo habíamos logrado, ¿no?

Bostrom murmuró durante unos segundos mientras ladeaba la cabeza al reflexionar.

—Sí, bastante cerca. Yo diría que nos diferencian apenas unos años.

—Vos y yo sabemos que Copérnica puede cumplir con su razón en este mundo cuando nos alcance. La única forma de simular problemáticas actuales es en una población idéntica a la nuestra.

—¿Y qué con eso?

—Que no me podés decir que nos quedamos en la puerta del Olimpo, Viktor.

Bostrom se volvió minúsculo en su asiento. Serví ambos vasos de nuevo, y los dos los vaciamos en un suspiro.

—Perdoná, sé por lo que estás pasando y lo último que tengo que hacer es presionarte.

—Es tu trabajo, Alan. No te puedo fallar, no ahora.

—No seas condescendiente —le dije, y aparté los vasos hacia un costado—. Puteame, Viktor. Puteame todo lo que te callaste estos años.

Viktor me miró con desconcierto. Le alcancé la botella de *whisky*, sin vaso de por medio, y lo insté a beber. El hombre arremetió contra la botella sin pensárselo dos veces. Luego hice lo propio.

—No te voy a insultar —me dijo, y bajó la mirada.

—¿Y por qué no? Insultame a mí, a alguien de la empresa, o a la empresa, o a Frey, a Copérnica, a Dios, a quien sea, pero largá lo que tenés adentro. Lo necesitás más que cualquiera.

Volvió a mirarme con desconfianza. Dio otro beso a la botella y me escudriñó. Sin embargo, no creo que me mirara a mí. Dentro de mi persona encausó todas sus frustraciones, todos sus males, todo su odio y su furia. Juntó fuerzas. Casi sentí vibrar la tierra antes de que pudiera emitir palabra, y finalmente su voz rugió por la empresa:

—¡Sos un reverendo hijo de remil putas!

—Y vos una mierda como programador —le devolví el balazo—, un imbécil como jefe de servicio y un cara de escroto que no te explico.

Bostrom se paró. Tambaleaba. También me paré y lo miré fijo. Traté de mantenerme serio, pero me tenté y estallamos en risotadas. Nos dimos un gran abrazo, volvimos a llenar nuestros vasos de *whisky* y brindamos una última vez.

—Ahora sí —suspiré un poco más relajado—. Decime qué mierda pasa.

—¿Te acordás de aquel entonces, cuando la creación de las religiones salvó Copérnica?

Traté de ubicarme en tiempo y espacio. Habían pasado varios meses ya, no sé si incluso más de un año, pero el recuerdo reflotó en mi cerebro alcoholizado. El rostro de Ordoñez tallado en madera también se hizo presente. Asentí.

—Bueno, eso mismo está sentenciando nuestro queridísimo proyecto.

—¿Qué querés decir?

—Que las religiones son buenas en su justa medida, Alan. En el momento en que el fanatismo va más allá de la libertad de terceros, la perdición se vuelve una constante.

—¿Se destruyeron entre sí?

Bostrom asintió, mientras usaba la manga de su camisa para secarse los restos de *whisky* que habían quedado sobre su labio superior. La migraña comenzó a impacientarse detrás de mis pensamientos, Copérnica se había vuelto una frustración persistente.

Sentí un escalofrío.

—¿No te aterra? —le pregunté.

—¿No llegar a cumplir con el proyecto?

—No —sonreí y eché una carcajada discreta—, sabés de qué te hablo. ¿No podría pasarnos lo mismo?

—Es improbable.

—¿Con el nivel de violencia que manejan estos simios? ¿Con lo impermeables que son a ideas distintas? ¿Con el sectarismo que los identifica? ¿La discriminación indiscriminada? Las mutilaciones, los sacrificios, los atentados, las cruzadas, las inquisiciones, los genocidios; y todo en la puta búsqueda de la felicidad, la libertad y la vida eterna. A mí no me jodas, si no es que nos autodestruimos contaminando nuestro propio planeta, te aseguro que va a ser la religión una de las principales responsables de que eso pase.

—¿Para tanto?

—¿Por qué te pensás que fundamos Copérnica? Necesitamos la solución a los problemas que nos circundan, Viktor, y Dios es el mayor de ellos.

—Pero no se puede, Alan. Ya lo intenté todo, creeme. No hay forma.

—Por casualidad..., ¿probaste con abolir la religión?

Capítulo 26

Para la mañana siguiente, Eva había dejado de pensar en su madre. Ni siquiera se desesperó por buscar un diario en el que estuviese su historia publicada. Solo se limitó a imaginar la secuencia que por miles de noches diagramó en su mente antes de quedarse dormida. Un tablero que se tomó el trabajo de diseñar con paciencia y coraje, solo para después relamerse con el espectáculo de verlo desmoronarse ficha por ficha.

Daría lugar a la conmoción social. Los medios de comunicación no tardarían en hacer eco del gran fraude. Las denuncias se dispararían y por fin los abogados de la editorial se dignarían a trabajar más allá del mediodía. La citarían a declarar, a presentar las evidencias que en el artículo afirmó que poseía. Pasaría a ser el rostro más insultado del planeta. Porque nadie sería feliz con su historia, absolutamente nadie; a lo sumo alimentaría el ego de los ateos por haber tenido siempre la razón, pero así como hacerlos felices, ni de cerca. Y ella lo sabía. Era consciente del malestar que generaría a nivel mundial con su publicación, de la posible ola de suicidios, de violencia. De la tristeza de su padre en un momento de tanto dolor.

Era una porquería de persona con todas las letras, pero no iba a abandonar este mundo sin haber dicho lo que tenía para decir. No ahora que era cuestión de tiempo para que la mataran.

«Por fin», se dijo. Eva respiró hondo y comenzó a vestirse para el velorio. «Por fin», se repitió. Lo había sacrificado todo por desenmascarar a las religiones y siempre se había preguntado si su esfuerzo terminaría por valer la pena. Desde abandonar a sus padres y sus amistades, para luego hacer lo mismo con las infinitas horas de sueño que podría haberse permitido, los momentos de recreación, de pintar, de cantar, de tener familia.

Eva había dejado de ser ella misma para poder poner punto final a una cuestión que la había conmocionado desde pequeña. En el momento en que falleció su hermano Gabriel, y a pesar de contar con tan solo doce años, Eva decidió declararle la guerra a Dios. Al pasar el tiempo, se dio cuenta de que había elegido mal a su contrincante, al fin y al cabo Dios no tenía por qué existir, y tomó la decisión de no luchar más contra el aire, sino más bien contra quienes lo habían creado.

Se formó, se dedicó a la investigación, trabajó en las sombras, escapó a los radares de los poderosos todo lo que pudo y, finalmente, logró tener algo con lo que hacerles frente. «Por fin», volvió a decir y le sonrió a su reflejo en el espejo. Ya había cumplido con la que sentía que era su misión en el mundo. Solo le restaba contemplar los frutos de una vida de trabajo y ver, desde primera fila, el mundo prenderse fuego.

«Por fin», se repitió una última vez, y alisó su vestido a la altura del abdomen.

Por fin no tenía miedo a la muerte.

Capítulo 27

Mudarme a Sima resultó ser una buena idea. Me permitió concentrarme en Copérnica, en mis empleados, en el trabajo en equipo. Y también me permitió olvidar. O al menos eso me gustaba creer. Las pesadillas del día en que lo perdí todo aún me atormentaban por la noche.

Por otro lado, estar encerrado a la hora de romperme la cabeza para resolver el problema que se nos había interpuesto no terminaba de ser lo más conveniente. Cada caminata por un pasillo resultaba de lo más estresante. Sentía sus miradas clavándose en mi piel como dagas invisibles; todos acechaban, aguardaban a que se me ocurriera la genial idea con la que destrabaría el gran problema que nos acorralaba.

¿Cómo mierda iba a saber qué era lo que había que hacer? Sí, la religión era la espinilla, había que destruirla, pero para hacerlo necesitábamos disuadirlos de la misma desde el minuto uno y para eso había que empezar de cero. ¿Cómo sacarles la religión desde el principio, si fue eso mismo lo que permitió que pudiéramos sobrepasar los primeros cien años de simulación? Era un camino sin salida.

Salí al parque. Me importaba muy poco que debatieran cuán irresponsable era de mi parte tomarme un rato libre cuando el tiempo escaseaba y la necesidad de respuestas asfixiaba. Necesitaba salir

de allí cuanto antes, tomar una bocanada de aire puro, tener un respiro.

Sentí el sol como un manto tibio acobijándome y recordándome que existía un mundo fuera de Sima, un mundo que me perdía por crear otro. La luz me encandiló unos segundos, casi dejándome ciego, y poco a poco los contornos de mi alrededor se volvieron nítidos. Hacía rato que no veía tanto verde junto; puta, era un lindo color. Ya vería de hablar con alguien para que trajera hacia el interior de la empresa un poco de eso a lo que llamaban césped.

El aire fresco acarició mi nuca, recorrió mi camisa y escapó en una ráfaga. Pensar que desconectarse a veces era más simple que recurrir a una botella de contenido etílico. Caminé sonriendo hacia el interior del parque y tomé asiento en un banco. Crucé los brazos por detrás de mi cabeza y contemplé la paz que abrazaba al huracán encerrado en las paredes de Sima.

Así y todo, esa alegría contemplativa era pasajera, lo sabía. Podía percibir cuando la marea de la soledad me acechaba. Me permitía respirar, disfrutar, sentir unos minutos de vida para recordarme todo lo que me perdía cuando ella se abalanzaba sobre mí. Era horrible, no podía relajarme nunca del todo por miedo a caer de nuevo en la tristeza.

Casi todos en la empresa sabían lo que había pasado, pero pocos percibían lo que me pasaba. Y no los juzgaba, tampoco les di algún indicio de algo. No era más que el jefe, el hombre de carrera vertiginosa e ideas revolucionarias, el tipo de pasado turbio que con mucha suerte les salvaría el culo con su proyecto. Y estaba bien que así fuera.

Vi a un hombre empujar a su hijo en la hamaca. Ambos sonreían sin saber cuánto los envidiaba. ¿Se habría puesto a pensar el

hombre en que dentro de un par de décadas iba a ser el niño quien lo empujara a él en su silla de ruedas?

El padre estaría recién recibido tal vez, incluso recién casado; portaba alianza. Le habrían arrojado huevos en un evento y arroz en el otro. Habría sido feliz, supongo. Ahora se embarcaría en un largo camino en el que escalaría puestos dentro de una empresa. Luego asumiría la jefatura o crearía su propia empresa, llegaría al punto más alto de su vida, y recién ahí podría mirar atrás, desde la cima.

Pero lo interesante era que el niño también crecería. Con suerte haría una carrera universitaria. La terminaría. Le arrojarían huevos. Se casaría. Le arrojarían arroz. Tendría un hijo y lo hamacaría en un parque. Trabajaría. Sería jefe. Miraría hacia atrás desde lo alto.

Pero todos éramos distintos, ¿no? Generación tras generación el ciclo se reproducía hasta el hartazgo. Todos lo mismo, y todos creíamos que éramos algo en el mundo, las estrellas de la existencia, los enviados de Dios para lograr un objetivo, dejar una huella, una marca. ¿Y eso quién lo dictaminaba?

La vida era intrascendente. No por pesimismo extremo, determinismo, nihilismo, absurdismo o todos los «ismos» habidos y por haber en la filosofía; sino porque absolutamente todos terminábamos por ser sustituibles. Siempre había alguien que podía tomar mi lugar. La muerte no significaba nada, el mundo giraba y las fichas se reemplazaban en tan solo un parpadeo. Con mucha suerte podía ser un par de letras en un libro de historia, o un busto, o una estatua, pero no más que eso.

Siendo jefe tal vez me añoraran por un par de días, pero era cuestión de tiempo para que alguien asumiera mi cargo y la empresa continuara con su propia vida. De haber sido empleado, tal vez solo un par se hubiesen enterado de mi ausencia. Si hubiese tenido otra

pareja, era muy posible que ella terminara consiguiéndose a otro. Porque era la naturaleza humana ir hacia adelante, no quedarse atrás, llorar lo justo y necesario para que la vida siguiera teniendo sentido.

¿Quién habré sido cien años después de mi muerte? Nadie. Nadie me iba a recordar, no habría descendencia a la que le importara un comino quién pude haber sido. No me habrían conocido y, por lo tanto, no tendrían la obligación moral de considerarme. Y más importante aún: yo no iba a estar ahí para enterarme; ni mi ego podría contentar con eso. A veces pensaba que ese debería ser el objetivo en la vida: no ser feliz, sino ser irremplazable.

Y así todo, nos creíamos protagonistas de un universo en el que no éramos más que diminutos engranajes sustituibles de una galaxia minúscula, de un sistema solar aún más pequeño, y de un planetita que daba vueltas alrededor de un sol que solo conocíamos nosotros. No era que veníamos del polvo y al polvo íbamos: éramos polvo, nada más.

De pronto, sentí una mano apoyarse sobre mi hombro. Frey tomó asiento a mi lado y se quedó observando al padre que hamacaba a su hijo.

—¿Fumás? —preguntó, y sacó un cigarrillo. No fumaba, pero acepté.

—Es la primera vez que te veo afuera del edificio —me dijo con el cigarrillo que le bailaba entre los labios mientras lo encendía.

—Creo que es hasta una de las primeras veces que yo mismo me veo afuera de Sima.

Frey me dio fuego y encendí el mío.

—Es un día espléndido.

—Es un día de mierda —retruqué. Di una gran pitada y espiré con vehemencia.

—La verdad que sí. —Me concedió con una sonrisa—. Estamos hasta las pelotas.

Era loable cómo se tomaba la situación. O me tenía una confianza de la san puta o bien ya todo le importaba muy poco.

—Dame tiempo. Vamos a solucionarlo.

—Los patrocinadores están al tanto, Sydrunas.

Cerré los ojos y me concentré en el calor que el filtro del cigarrillo impregnaba en mis dedos. Al abrirlos, volví a verlos. ¿Por qué estaban tan felices ese padre y su hijo en la hamaca? ¿No tenían algo mejor para hacer?

—Tiempo, Hermes. Solo te pido eso.

—¿Tiempo para qué? ¿Para poner en práctica algo que hayas pensado o para que te ilumines y se te ocurra una solución?

«Ambas», pensé, pero no lo dije. Miré un mosquito que zumbaba hipnóticamente frente a mis ojos.

—¿Alguna vez te defraudé?

—Vendí todas mis propiedades, Alan. —Sentí que una lanza atravesaba mi pecho. Di otra pitada—. No puedo cerrar Sima ahora que estamos tan cerca y tampoco puedo dejarlos a ustedes sin salario. Ni aunque se ofrecieran. Los de legales no me lo permitirían.

—Pero...

—Me amenazaron. —Vi un ínfimo temblor en sus ojos y sentí todos los vellos de mis brazos erizarse—. Vamos un mes sin nada. Las reservas de Sima se agotaron hace mucho, vivimos hace un par de años de lo que nos aportan los patrocinadores y estamos endeudados hasta el culo. Es un traspié muy grande, es lógico que estén intranquilos. Es su plata, después de todo.

Tragué saliva.

—¿Te amenazaron?

Frey me sonrió. Cambió el cigarrillo de mano y acarició con rasposa suavidad los diminutos cabellos de una barba que había rasurado aquella misma mañana.

—Nos quieren reemplazar. —Dio una larga pitada y contuvo el humo en los pulmones—. Sin escrúpulos.

Touché.

—¿De qué hablás?

—Lo que entendiste, Alan. —Y una nube gris infinita emergió de sus fauces.

—No, no entendí —insistí a pesar de haber comprendido cada palabra.

Frey giró su cabeza para mirarme con compasión y luego volvió a dirigir sus ojos hacia la nada misma.

—Sima dejaría de ser Sima. Yo dejaría de ser su presidente y vos dejarías de ser el director de proyectos. Pero Copérnica... —Hizo una pausa para reír con sequedad—. Copérnica y todos nuestros logros pasarían a ser suyos.

Negué con la cabeza. Frey notó que lo hacía y optó por asentir con sobriedad. Realmente estaba sucediendo. Me incorporé en un sobresalto y no dudé en acercarme a su oreja:

—Sobre mi cadáver.

Capítulo 28

Hacía frío esa mañana. Vecinos, familiares y amigos se habían congregado en el cementerio. Eva agradeció el poder escabullirse de los saludos haciendo abuso de su estado de luto. Lo cierto era que necesitaba relajar su mente de una vez por todas. Jamás en su vida había sufrido tanto estrés como el de las últimas semanas, ni tampoco había tenido tanto odio por alguien, pero su venganza había comenzado a descender por la colina como una bola de nieve, y sabía muy bien que quien quisiera detenerla no haría más que agregar tamaño a su estructura.

Se topó con el pequeño tumulto de gente y entre ellos abrieron camino para que Eva pudiese pasar. En el centro dio con el cajón que albergaba a su madre. Avanzó hacia él y miró en su interior. No se inmutó.

A decir verdad, el cadáver parecía estar cien veces en mejor estado que como estaba el día anterior. Los de la funeraria habían hecho un trabajo admirable. Era tan bueno que ni se dio cuenta de que se estaba lastimando las uñas: había quedado aferrada a la madera del cajón, perpleja.

Odiaba no poder llorarla. Si bien le importaba muy poco lo que opinara el resto, sabía que no poder desahogarse no era sano. Sentía un vacío en el estómago y una opresión en el pecho insoportable, pero no más que eso. Un malestar puramente somático, cuyas

raíces emocionales permanecían adormecidas hasta encontrar la situación adecuada.

En eso, sintió la mano cálida de su padre en el hombro.

—Estoy orgulloso de vos, Evi. Y estoy seguro de que ella también lo estaría.

Tenía los ojos enrojecidos; había llorado hasta hacía poco. De pronto, esgrimió una sonrisa que se clavó como un puñal en su pecho.

—¿Orgulloso? —dijo Eva con un nudo en la garganta.

—Fuiste fiel a vos misma, siempre. Sufrimos tu vida de sacrificio casi tanto como vos, hijita, y nada nos hubiera hecho más felices como padres que verte triunfar en lo tuyo. Hoy lo hacés por los dos —finalizó, y ladeó su cabeza hacia el cajón.

Una tormenta de emociones se disparó en su cuerpo. Eva sintió que el nudo le trepaba por el esófago hacia la nariz, y de ahí de lleno a los ojos. Se hizo pequeña, sus rodillas se doblegaron y lloró como no lo hacía desde la muerte de su hermano. Su padre se puso a su lado en cuclillas y la abrazó. Eva le devolvió el abrazo, hecha un mar de lágrimas.

—Tomá —le dijo con cariño al oído, y tomó unos centímetros de distancia. En su mano derecha tenía dos jazmines y le tendió uno a Eva.

—Eran sus favoritas —dijo Eva llevándola hacia su pecho.

—Sabía que te ibas a olvidar de traerle. Tal vez para vos ya no esté con nosotros, pero no por eso vamos a hacer como que ya no existe.

Lo vio tentarse de volver a llorar, pero Eva se adelantó.

—Papi..., mamá está en un lugar mejor.

Su padre no pudo contener la emoción y ambos volvieron a abrazarse.

Cuando levantó la cabeza, notó que todos alrededor guardaban silencio. En un principio pensó que se trataba de una grata muestra de respeto, pero no tardó en confirmar que pasaba algo más.

—Cierto, Evi, no te conté —comenzó a decir su padre mientras los dos se ayudaban a ponerse de pie—. Por la mañana recibí un llamado increíble, muy atento, muy...

Eva dejó de oírlo. Sus palabras se borroneaban y no eran más que susurros ininteligibles. El mundo parecía haberse frenado. Eva levantó la vista por encima del cajón y vio que, detrás de este, parada sobre un atril, Ingrid Velvet, la Suma Sacerdotisa, aguardaba a que ambos terminaran de abrazarse para dar inicio a su responso.

Capítulo 29

Frey se retiró dejándome la caja de cigarrillos y el encendedor de regalo. No se los había pedido, pero el moreno bien sabía que los necesitaría. Era lo menos que podía hacer después de forzarme a desactivar una bomba atómica en menos de una semana.

Me prendí uno. Lo vi alejarse en dirección a la empresa y me percaté de que el padre y el niño ya no estaban en las hamacas. El mundo había vuelto a ser tan gris como lo había sido siempre, de modo que solo olvidándome de los problemas podría lograr que el sol terminase de salir, a pesar de que ya hubiera amanecido hacía rato.

Miré a un vagabundo dormitando en la plaza y no sentí más que envidia. Tener poco implicaba también tener menos preocupaciones. Desde ya que vivir en la calle no era la forma más plena de vivir la vida pero, siempre y cuando no faltara el pan en la mesa, vivir despojado de lo material era un costado inexplorado de mi vida que siempre logró atraerme, pero nunca lo suficiente como para abocarme a ello.

Dejé al vagabundo atrás y me dirigí hacia Sima. Necesitaba algo que me distrajera, algo que hiciera salir de nuevo al sol, una escapatoria. En lo posible, alcohol, pero no estaba para ponerme pretencioso. Necesitaba a Ordoñez y sus bolsitas mágicas.

Me encaminé hacia su división en la empresa y pregunté por él en cada esquina. La respuesta fue casi unánime: luego de una

risa seguía un «Ordoñez nunca está por acá». Después venían las sugerencias de que me fijara en el bar frente a la plaza, en biología marítima o si no estaba tirado en una zanja; uno incluso se atrevió a sugerir mi habitación como escondite. Lo cierto era que Ordoñez no estaba en la empresa y no iba a ser sencillo ubicarlo.

Me dirigí al bar frente a la plaza para ver si daba con él y, en caso de no lograrlo, al menos podría tomarme un trago yo solo. Necesitaba desaparecer un poco, salir de mí mismo y ver si a la vuelta encontraba respuestas para todo.

Comencé a atravesar desanimado la plaza, cuando un pensamiento cruzó mi mente: ¿cómo podía ser que después de tantos años en Sima recién ahora me diese cuenta de que uno de mis jefes más importantes faltaba siempre al trabajo? ¿Desde cuándo lo hacía el muy hijo de...?

—Ey, infeliz. Mirá por dónde caminás.

Un alarido surgió de las profundidades de mi entorno y no pude hacer otra cosa más que paralizarme en donde estaba. Di la vuelta y vi que había pisado sin querer la mano del vagabundo que dormía en la plaza.

—Le pido mil disculpas, señor, no fue mi inten... Pará, pará, ¿Ordoñez? ¿Sos vos? ¿Qué hacés acá?

El inútil echó una carcajada.

Capítulo 30

—Hoy nos reunimos para despedir a Laura María Di Merlo; una madre dedicada, una esposa amorosa y una luchadora de la vida.

Se hizo un silencio en el que Eva aún no podía salir de su aturdimiento. El jazmín que colgaba de su mano cayó al suelo, pero ella no pareció darse cuenta. Su padre, por el contrario, la escuchaba con atención, secándose las lágrimas con las mangas de su camisa.

—Y quienes la conocen bien lo sabrán mejor que yo, pero a mí ya no me cabe la menor duda de que fue alguien admirable. Me atrevo a contarles una infidencia —Ingrid relajó el tono ceremonial con el que hablaba y se compró a todos quienes la escuchaban—: Hoy por la madrugada hablé por teléfono con Fernando. No les voy a mentir, a él no lo conocía, solo estaba al tanto de que su hija nos había declarado la guerra. —Un murmullo acalorado recorrió el velorio, interrumpido por miradas que arponeaban a Eva, quien las amortiguaba inmune, con los ojos clavados en la Suma Sacerdotisa—. Pero en el momento en que me enteré de la terrible tragedia por la que pasaba toda su familia, no lo dudé un segundo: agarré el teléfono y lo llamé de inmediato. Agradezco enormemente haber tenido el valor de hacerlo. De otro modo, jamás habría escuchado la historia de Laura. Es más, les puedo asegurar que hoy estoy acá por todo lo que me contó Fer de ella con esa pasión que lo caracteriza. Hasta tuve que cortar la comunicación en un

determinado momento... para poder llorar a solas un rato. Me partió el alma.

Hizo una pausa. Eva la observaba en un principio con la mirada perdida, descolocada, sin entender bien qué era lo que sucedía, pero en el momento en que intentó aparentar cercanía con la familia, sus cejas se arquearon y sus ojos echaron chispas.

—Todos sabemos por todo lo que tuvo que pasar Laura antes de recibir el llamado de nuestro Señor. Una vida llena de obstáculos, pero también llena de bendiciones. Con un marido ejemplar que la cuidó hasta el último minuto, una hija exitosa de la que debe estar orgullosa y toda una familia que hoy le vino a presentar sus respetos. Quién no quisiera tener tanta gente como ella despidiéndola en su último día en la Tierra. —Sonrió y se llevó una mano al corazón. Eva casi se inmola cuando vio que podía acumular agua en los párpados con una habilidad innata—. Pero esto no es un adiós. No, mis queridos. Esto es un simple hasta luego. El reencuentro está a la vuelta de la esquina, no hay que estar tristes, hay que agradecer que Lauri —«¡¿Lauri?!»— recibió el llamado antes, que se encuentra en un lugar mejor y que nos espera con los brazos abiertos a que seamos llamados también a los jardines eternos del Señor.

Los puños de Eva se apretaban y relajaban espasmódicamente, su párpado izquierdo inferior temblaba sobre su ojo y sus muelas rechinaban como si fuesen prensas hidráulicas que trituraban la nada misma. Su piel, que solía ser blanca como la nieve, había adquirido un peligroso tinte morado-escarlata, y se notaba que la sangre bullía en sus venas. Sin embargo, no podía ceder ante la tentación de destriparla frente a todo el mundo y meterla en el cajón junto a su madre. Juraba por todos los dioses inexistentes que, de no haber nadie allí, lo habría hecho. Pero no podía, y la muy hija de puta lo sabía.

¿Qué mejor manera de provocar un escándalo luego de semejante denuncia? ¿Qué mejor manera de desacreditarla? Todo su trabajo iría directo a la basura en el momento en que uno de los tantos celulares allí presentes la grabara a ella abalanzándose sobre la líder religiosa en pleno velorio de su propia madre.

—La pérdida de alguien cercano nos obliga a refugiarnos en el seno familiar para encontrar las fuerzas que solos no tenemos. Nos enseña que la vida es compartida, que solos todo no se puede. Nos invita a que permanezcamos unidos. Y es en días como hoy en los que debo pedirles a ustedes, los fieles, que permanezcan unidos. Porque se avecinan tiempos difíciles. La tormenta del enemigo acecha y deben estar preparados. Recuerden mis palabras: los harán dudar, los pondrán a prueba, les dirán que vivieron todas sus vidas en la mentira, que las cosas que sintieron acá —dijo golpeando su corazón— no son ciertas en verdad.

»Ahora, yo les pregunto: ¿y ellos qué saben qué es real y qué no lo es? ¿Nos van a venir a decir que nacimos todos de la nada y porque sí? ¿Que ese fuego del alma cuando escuchamos un buen sermón es infundado? ¿Que esa gracia de Dios que sentimos por momentos tiene explicación lógica? ¿Que los milagros, las sanaciones, y la vida misma no son obra de un ser superior? —Su voz había encendido el espíritu de los fieles allí presentes; Eva incluso se percató de que su padre se estaba aferrando al cajón con una vitalidad que hasta entonces no le había visto—. Perdón que insulte, realmente trato de no hacerlo, pero, mierda, ¿nos van a venir a decir que Lauri no lo tiene a Gabi en brazos ahora y que los dos no nos esperan a todos con una sonrisa del otro lado?

Eva estalló internamente, friendo todos sus circuitos. Habló bajito, casi en trance.

—Cómo te da la cara...

La euforia que despertaba el discurso de Ingrid Velvet acalló como si le hubiera caído un baldazo de agua fría. Todos guardaron el mayor de los silencios.

—¿Perdón? —preguntó Ingrid sorprendida, percatándose de la presencia de Eva por primera vez en la mañana.

—Que sos una caradura por estar ahí parada. Hablás de mi familia como si nos conocieses de toda la vida, prometiéndole a esta gente algo que vos misma me dijiste que era mentira. ¿No te da vergüenza?

—¿Vergüen...?

—¿Vas a repetir todo lo que digo, asesina? —Su padre giró para ponerle un freno, pero Eva continuó—: ¿Vas o no vas a decirles que vos misma contrataste un sica...?

—Suficiente —intervino Fernando, furioso—. Las cosas que tengan que arreglar entre ustedes, las arreglan afuera, pero acá estamos en el velorio de mi esposa y exijo un mínimo de respeto. —Su garganta latía al rojo vivo mientras escupía diminutas gotas de saliva al hablar—. Su Santidad, agradezco que haya venido a ofrecer el responso de mi mujer. Ahora bien, si no tiene nada que agregar, puede marcharse; no quiero robarle demasiado tiempo.

—Lamento su pérdida, Fernando —Ingrid hizo una reverencia con la cabeza— y también lamento que tenga la hija que tiene.

Eva estuvo por lanzarse echando zarpazos y gritos al aire, pero una fuerza interior que desconocía la mantuvo centrada y la hizo ver a los hombres uniformados que custodiaban su objetivo. Por el contrario, tuvo una mejor idea: rodeó a la multitud y fue a esperarla al pie de su auto blindado e ignoró a los guardaespaldas que intentaron ahuyentarla. Al emprender la marcha hacia allí, pisó el jazmín que su padre le había dado.

El tumulto de gente comenzó a dispersarse y Eva vio a Ingrid acercarse a donde la esperaba.

—Déjenla —soltó la Suma Sacerdotisa mientras se aproximaba al auto, y los hombres obedecieron.

Eva se sacudió el vestido y la miró desafiante. La multitud se encontraba lo suficientemente lejos como para que pudiese hablarle sin tapujos.

—Te pasaste, puta barata.

—Vos hiciste lo propio —contestó Ingrid con delicadeza, para luego regalarle una vil sonrisa.

—¿Que hice qué? Mataste a mi mamá, ¿te das cuen...?

—Te advertí que no te metieras.

—Ni siquiera había publicado el artículo y vos...

—Señorita Rosberg, seamos honestas: tu madre no tenía chances de sobrevivir, sabés muy bien que fue una maniobra para mantenerte alejada, pero en tu obstinación te esforzaste por hacer lo contrario.

—Te prometo que vas a arder en uno de tus putos infiernos, Velvet. Yo misma me voy a encargar de eso.

Ingrid rio con sorna y suspiró.

—No, Rosberg. Lo dudo mucho.

—La historia ya se publicó. —Ahora ella fue quien sonrió—. ¿No sentís el calor? ¿Quema?

—He ahí uno de los tantos errores que te definen. —Ingrid cruzó sus brazos bajo los pechos y llevó una de sus manos a su mejilla—. A ver, provocaste al sector más poderoso de la historia de la humanidad y desestimaste sus advertencias; primer error. Creíste que vos sola con tu diario del culo me ibas a hacer sudar la gota gorda; segundo error. Dejaste sola a tu mamá en el hospital por más de quince minutos; tercer error. —La miró fijamente al poner sus manos a cada lado de la cintura—. Vos no vas a presentarte en las

audiencias, Rosberg, ¿sabés por qué? Porque todavía no te diste cuenta de qué error acabas de repetir.

Soltó una risa socarrona mientras la hacía a un lado para ingresar al auto. Eva vio a los guardaespaldas subirse al mismo y, para cuando volvió en sí, ya no quedaba nadie frente a ella.

Recién ahí se dio cuenta de qué le había querido decir con el último comentario: había dejado solo a su padre.

Capítulo 31

—¿Qué hacés, papito? ¿Todo bien? —Me sonrió Ordoñez, poniéndose de pie con torpeza.

No le contesté. Hedía a alcohol y todavía no salía de mi asombro.

El tipo llevó sus manos hacia arriba, entrelazó los dedos, y al arquear la espalda hacia atrás, generó un crujido que me hizo revolver las tripas. Después emitió un tremendo bostezo que me devolvió el enojo que solía provocarme su sola presencia.

—Ordoñez... No sé qué decirte, realmente no sé qué decirte. Explicame.

El imbécil se sacudió las ropas como si por ello fuesen a quedar más limpias, y se distrajo con una ardilla que correteaba hacia un árbol cercano.

—No sé qué querés que te diga. Pasaba por acá y pintó una siesta. A vos no te voy a mentir.

—Siesta y chupi, animal.

—Sí, siesta y chupi —rio y me puso una mano en el hombro—. Vos sabés cómo es esto, el vinito da modorra al toque. ¿O me querés decir que me preferías borracho en la empresa? No, señor, yo pienso en todo.

Estuve a punto de sacudirme para que sacara su mano de mi hombro, pero el muy subnormal me hizo sonreír.

—¿Y para eso te disfrazaste de...?

—Bien que tardaste un par de añitos en descubrirme. —Intentó contener la risa y se interrumpió de golpe—. ¿Me buscabas?

—Presiento que voy a lamentar mis palabras —contesté riendo para no llorar—, pero preciso de tus servicios.

Ordoñez pasó su brazo por mi cuello y echó a andar, lento y perezoso. El asco que me produjo la humedad bajo su sobaco es inenarrable.

—Soy todo oídos.

—Vení, sentémonos acá —dije, y señalé un árbol cercano—. El sol está pegando fuerte.

Pude librarme por fin del exceso de cariño que había generado el alcohol en Ordoñez y tomé asiento en el mismo banco en que había dejado los cigarrillos de Frey. Sin dudarlo, prendí uno y ofrecí otro a mi empleado.

—A ver si cortamos con tanto misticismo, Alita, que tengo cosas que hacer.

—Asumo que todo menos trabajar, ¿no?

Ordoñez no contestó. Por el contrario, me puso el puño para que se lo chocase y me hizo dudar de si en verdad estaba al tanto de con quién conversaba. Bajó el puño, desanimado.

—¿Tenés algo fuerte? —Le pegué una pitada al cigarrillo. En parte para ocultar mi vergüenza, y por otro lado para no hablar más de lo necesario.

—No sabría decir si hablamos de lo mismo, Alan...

Confirmado: estaba al tanto de que tenía a su jefe enfrente.

—Estamos hablando de lo mismo, Ordoñez. Algo que me haga perderme un rato. Un recreo de toda esta mierda.

Me miró en una mezcla de agrado y sorpresa.

—Mirá, si me avisabas con tiempo te traía algo bien polenta. —Llevó sus brazos hacia arriba y atrás y los dejó allí un buen rato,

acumulando ceniza en su cigarrillo—. Pero, la verdad, me agarraste seco.

—¿De qué me hablás? Tenés un pedo atómico.

—¡Tenés razón! —dijo, llevó sus brazos hacia adelante y luego hacia el interior de su poncho de basura—. Tengo una petaquita por acá de una grapa que pega más fuerte que una trompada de gorila.

El jefe de piratería de una de las empresas más prestigiosas de videojuegos y simulación, envuelto en bolsas de basura e inmundicia, extrajo de entre la mugre una petaca envuelta en papel madera y me la acercó a mí, el director de proyectos de la misma empresa. La tomé entre mis manos y miré alrededor. No había nadie cerca, tan solo la tétrica y atenta mirada de Ordoñez a un costado. La abrí, acerqué mi nariz y un huracán eruptivo se desató en mis entrañas.

—¿Qué mierda...?

—Grapa, te lo acabo de decir.

—¿Estás seguro de que esto es tomable?

—Obvio que no, pero vos me pediste algo que te aleje un poco del mundo, no algo rico.

—Pero el olor que tiene...

—Yo por las dudas no pregunto mucho, ¿viste? No sé si fermentan cadáveres o qué, pero creéme que pega rápido.

Di un gigantesco respiro y empiné sin pensarlo demasiado. Sentí que mi garganta se prendía fuego, luego al estómago retorcerse en ácido, y finalmente mis pulmones y fosas nasales estallaron como proyectiles incandescentes al exhalar el aire inhalado.

—No, no. No puede ser tan horrible.

—¿Viste? —Supongo que se habrá reído, pero el malestar ya había empezado a desconectarme del mundo.

—Pegame un tiro.

Empecé a toser y el estúpido se puso a golpearme la espalda con fuerza. Lo alejé con un brazo y traté de aclararme la garganta echando un escupitajo que no hizo más que aliviar el ardor por tan solo unos segundos. Tenía los ojos enrojecidos y sentía que el alcohol manaba por todos mis poros. En eso, Ordoñez me pegó un cachetazo que por poco me desencaja la mandíbula.

—Pará, pará. Quedate quieto —soltó ante mi desconcierto, y me dio otra cachetada que me dejó en el piso. No me pegó con tanta fuerza, pero la grapa ya me había llegado a la cabeza. Me puse de pie, enajenado.

—¿Qué te pasa, idiota? ¿Querés pelear?

—Mirá —me contestó mostrándome su mano. Un mosquito estaba estrujado sobre su piel, envuelto en un manto minúsculo de sangre. Casi lo mato.

—No vuelvas a hacer eso nunca más en tu vida —le advertí encajándole un correctivo en la cabeza.

—¿Nunca te preguntaste para qué existen los mosquitos?

Volví a tomar asiento a su lado y no perdí tiempo en intentar que me pidiese disculpas. Ni tampoco me iba a gastar en explicarle el ecosistema que se valía de los mosquitos para sobrevivir, porque no lo iba a comprender. Así que preferí seguirle la corriente.

—Probablemente sean creados por empresas de repelentes para rompernos las pelotas y llenarse los bolsillos —le dije para dar el tema por concluido.

Ordoñez carcajeó y se hizo de la petaca para echarle un trago.

—Pensar que encima son la primera causa de muerte en el mundo.

—¿Los mosquitos? —pregunté.

—En serio, con la malaria y todo eso. Los pobres se cagan muriendo.

—Habrá que donarles repelente...

—No funciona. Ni los remedios funcionan. Dicen que están creando unos mosquitos modificados genéticamente para hacerles frente a los muy turros.

—¿Cómo es eso?

La lucidez súbita de Ordoñez me hizo cuestionarme si la vara con la que juzgaba la inteligencia de los que me rodeaban de pronto había caído al suelo, o bien si el alcohol tenía efectos extraordinarios en él.

—Sí —continuó con vehemencia—. Están creando mosquitos especiales que no transmiten enfermedades, ¿me seguís? Entonces, cuando los introducen en sus cardúmenes, pueden...

—Esos son peces.

—¿Qué?

—Nada, seguí.

—Que cuando los meten dentro de una nueva civilización mosquitense y se reproducen medio que dejan descendencia inerte. Ellos siguen con su ciclo de vida, pero no nos contagian.

—Mirá qué intere...

No sé cuántos minutos habrán pasado. Sé que Ordoñez habló largo y tendido. Me hacía preguntas y se las autocontestaba, deliraba y carcajeaba, pero yo ya no estaba ahí. En mi mente, yo estaba una semana adelantado, resolviendo el problema y salvando a Copérnica. Y todo gracias a él.

—Ordoñez..., tengo que admitirlo: sos brillante.

Capítulo 32

Eva se sintió entumecida.

Una hoja que caía péndula en el aire frenó en seco a mitad de camino. El cantar de los ruiseñores enmudeció de pronto, el bullicio de quienes habían asistido al funeral se llamó al silencio, y el mundo pareció detenerse bajo sus pies de cemento.

Había dejado de percibir colores, formas e incluso fragancias. No tenía ni la menor idea de dónde estaba parada. Solo era consciente de que se sentía adormecida, alienada, y no sabía por qué. Intentó girar sobre su eje, pero sus pies estaban anclados al suelo. Sonrió ante la resistencia de su cuerpo. Llegó a pensar que la habían drogado, pero ¿quién? ¿Cómo?

Alguien la llamaba a lo lejos. Su voz sonaba como un eco lejano, como si la quisiesen despertar de un sueño. Pudo girar su cabeza hacia atrás para ver de quién se trataba. Sin embargo, nunca se enteraría de su identidad. En cuanto intentó enfocar la vista, sonrió una última vez y cayó desmayada en el suelo.

Despertó en el hospital a las pocas horas. Estaba confundida, perdida, algo paranoica, incluso, pero no le dolía ni un pelo. Los médicos mencionaron algo sobre un síndrome confusional relacionado a un trastorno de estrés post-trauma y unas cuantas palabras más que ni se gastó en entender. Poco a poco los recuerdos volvían a su mente y con ellos el terror más profundo.

Pudo deshacerse de los familiares que la habían acompañado al hospital y llegó a su antigua casa en una pieza. No osó preguntar sobre el paradero de su padre; probablemente sería la única al tanto de su desaparición, y tampoco era que la atrajese tanto la idea de alarmarlos tan pronto. No se lo merecían. Ella misma debía resolver lo que había desatado.

La puerta de su casa estaba entornada, pero ya nada la sorprendía. Caminó hacia ella con la mirada perdida. Su marcha era lenta y balanceante, arrastraba los pies como si le pesase el cuerpo. Temió empujar la puerta y encontrar otra tragedia más en su vida. Se refregó los ojos con fuerza. Tenía ganas de llorar, pero sentía que ya no podía hacerlo. Miró sus manos y las vio bañadas en sangre. Parpadeó rápidamente y las volvió a ver tan pálidas como siempre. Respiró hondo. Empujó la puerta.

Su madre ya no estaba con ella. Ahora su padre tampoco. Lo entendía. Le fue imprevisible, pero entendía que ella era la responsable de que su alrededor fuera el que era. No obstante, se dio cuenta de que todavía había lugar para las sorpresas. Porque no tuvo que hacer más que mirar sobre la mesa del comedor para que los vellos de la nuca se le erizaran.

Capítulo 33

Desperté al día siguiente con una resaca atroz. Me dolía el cuerpo entero, casi tanto como el día del accidente. No estaba tan viejo como para estar tan destruido, ¿qué había tomado? Probablemente así se sintiera el ser arrollado por una aplanadora. La gravedad me aplastaba contra la cama y sentía que no me dejaba respirar. Mi cabeza, por otro lado, era una olla a presión con intenciones de sucumbir en cualquier momento. Era como si diez mil alfileres se clavaran alternadamente en cada lóbulo de mi cerebro. Un aliento ácido ascendía por mi garganta, un retorcijón me obligaba a tomarme el abdomen, y por momentos deseé estar muerto.

Ordoñez, la puta que te parió.

Me tranquilicé al ver que al menos había amanecido en mi habitación en Sima y no dentro de un contenedor de basura.

Las imágenes se me difuminaban en un recuerdo trastocado por el alcohol, pero algo parecía brillar en el centro de estas. Las nubes se despejaban en ese sector y dejaban el recuerdo al descubierto, tan claro como el agua: me quedaba una semana para destrabar Copérnica, y ya sabía cómo hacerlo.

Habíamos logrado simular miles de años, logramos una civilización semejante a la nuestra, y era terrorífico saber que a esta le quedaba muy poco tiempo de vida. Sin ir más lejos, su futuro era el nuestro. De modo que teníamos que actuar rápido; no solo por Frey y por la empresa, sino por la humanidad misma.

Sin embargo, mi especie me importaba tres belines desde hacía un tiempo. Mis antepasados se esforzaron por dejarme un mundo que se caía a pedazos y no los juzgaba para nada. Por el contrario, lo entendieron todo. ¿Es que nadie lo veía? Vivieron la vida al máximo, sabían que esto era lo que había, que estábamos de paso y que al final de los tiempos ya no quedaba más nada. ¿Responsabilidad moral? ¿Compromiso con el planeta? ¿Respeto por la vida? ¿Ser el ejemplo de las generaciones futuras? Pero por favor.

Copérnica fue siempre la excusa para algo más grande. O algo más pequeño, si se quiere. Terminaba siendo un tema que dependía de la perspectiva. Porque a mí me significaba más que la clave para el desarrollo de la civilización. Si Copérnica no funcionaba, mi vida dejaba de tener sentido.

Y jamás habría pensado que podría llegar a mezclar los tantos. Que podría usar mi verdadera intención con la que creé Copérnica para poder salvar al programa mismo, y por lo tanto, a la humanidad.

Capítulo 34

Un sobre grande sobre la mesa del comedor. Su nombre inscripto en el mismo. Tragó saliva.

Eva sintió que se desplazaba hacia la mesa en cámara lenta, como si las luces parpadearan de forma intermitente y en cada secuencia ella estuviese medio centímetro más adelante. Asió el sobre entre sus manos y sintió el peso del mismo tironeando hacia abajo. Lo abrió con lentitud y se asomó una carta.

La leyó tan rápido que no supo si en verdad la había leído o la había imaginado, por lo que volvió a hacerlo, solo que esta vez lenta y detenidamente:

Si querés a tu viejo de vuelta, desaparecé.

Eva hizo un bollo con la carta y la arrojó con furia hacia la pared. Su labio inferior trepó con pánico sobre el superior y lo acobijó, temblando. Juntó valor para luego respirar hondo. Volvió a hacerse con el sobre, lo miró desafiante y terminó por darlo vuelta sobre la mesa. El estrepitoso sonido metálico que hizo el revólver al chocar con la madera por poco la hace desvanecerse del pánico. Sin embargo, hubo otro sonido que la hizo sentir frío en la espalda: un golpe gomoso y pegajoso, seguido por una extensión de este desplazándose sobre la mesa. Buscó su origen en un acto reflejo, y no tardó en dar con él. Cubrió un grito ahogado con sus manos.

El ojo de su padre rodó por la mesa hasta caer al suelo.

En ese momento, toda su vida le pasó por delante. Todos sus logros y todos sus tropiezos. Vislumbró cómo sus éxitos solo llenaban el vacío de su ego y cómo sus males intoxicaban a todos los que la rodeaban.

Intentó sopesar su vida entera en tan solo un parpadeo, pero no le fue suficiente. Se vio de chica, con sus padres llorando al confesarle que era adoptada. Con ella deshidratándose en lágrimas, pero preguntándoles si aun así podía seguir llamándolos mamá y papá. Vio la tierna sonrisa de Gabi, sus ojos imposibles, su pelo ralo de querubín. Y acto seguido lo vio calvo, intubado en una terapia intensiva, lleno de cables, sueros, quejándose para respirar y poder mantenerse vivo. Vio su funeral y su sorpresa al enterarse de que existían cajones tan pequeños. Recordó la primera vez que la mandaron con el psicólogo. Lo mucho que le costó la escuela esos años. Lo mucho que odiaba ir a misa y lo enojada que estaba con Dios. Se le vino a la mente su pasión demencial por los documentales. Cómo se encerraba en su habitación para que nadie la molestara, cómo escapaba de todo gracias a eso. Recordó el orgullo en sus rostros cuando les dijo que quería ser periodista. La preocupación de cuando les avisó que al mismo tiempo estudiaría Derecho. La tristeza de cuando tuvo esa oportunidad laboral. El abandono que abusaba de un amor eterno e incondicional, capaz de perdonarle todo. La angustia de no poder compartir todos sus logros con ellos por temer lastimarlos al desafiar sus creencias. El hospital. El velorio. El secuestro. Y, sin embargo, se permitió ver más allá.

No sabía si era una cuestión sobrenatural o, más bien, su cerebro anticipándose a algo que deseó por años, pero se vio a sí misma frente al estrado, pedante con su portafolios lleno de pruebas. Le importaba muy poco que el mundo se embarcara a la ruina con su denuncia. Pero un segundo más tarde le llegaba la cabeza de su papá en una bandeja. O peor, la obligaban a ella a matarlo. Y aunque supiera que no era su culpa, que no se la podía culpar de que otro decidiese atormentarla de ese modo, también sabía muy en el fondo que la única asesina de sus padres no era otra persona más que ella misma. Siempre la advirtieron y siempre puso su proyecto en primer lugar. O, mejor dicho, su ego.

¿Y si no se presentaba? ¿Y si intentaba negociar? Podía acordar con Ingrid darse a la fuga, quemar todas sus pruebas, desaparecer del mapa y así ganarse tanto su libertad como la de su padre. Y que con ello, claro, el nombre de Eva Rosberg se extinguiese en el aire. Que todo su trabajo se fuese por el drenaje. Que toda la expectativa que había acaparado en las últimas horas se viese contrastada por una farsa, de modo tal que todo por lo que ella había luchado en su vida se viese insultado y bastardeado. Que su nombre en vez de extinguirse pasase a ser sinónimo de burla.

Prefería morir.

Eva tomó el revólver. Lo llevó hacia su sien y cerró los ojos.

Una ráfaga la hizo estremecerse. Su corazón latía con violencia, todo su cuerpo temblaba. Con la ráfaga le llegó una idea que la hizo abrir los párpados. La idea era brillante.

Podían encontrarla muerta en su casa, sí, pero ¿qué dirían de un cadáver golpeado? ¿No generaría dudas sobre el caso? ¿No cabría la posibilidad de que hubiera sido víctima de un asesinato? Su muerte pasaría a tener un significado y daría lugar a que los fieles se permitiesen una pizca de sospecha. Eso ya era más que suficiente.

Eva apoyó el revólver sobre la mesa y dio inicio a la barbarie. Se agolpó contra paredes, espejos, cuadros y cuanto elemento

cortante se cruzara en su camino. Por momentos temió perder el conocimiento, pero su cuerpo adquiría el tinte exacto que necesitaba para que su suicidio pasase más por un homicidio que por un acto de locura. Corrió las sillas. Midió el borde de la mesa con cautela. Hizo tronar las articulaciones de su cuello y se lanzó contra el mismo.

Llamativamente, ya nada le dolía. Pero su aspecto indicaba todo lo contrario. Algo aturdida, se hizo del revólver y una nueva idea cruzó su mente. ¿Cuánto más probable sería un suicidio fuera de la casa que uno dentro de esta? Con una sonrisa ensangrentada, salió de su antiguo hogar arrastrando una de sus piernas. Llevaba el revólver en la mano derecha, listo para utilizarlo contra sí misma en un callejón cercano. Pero en su confusión, cruzó la calle sin mirar hacia los costados y un auto que pasaba hizo con su existencia lo que ella habría hecho tan solo minutos más tarde.

Capítulo 35

—Buenos días, necesito la muestra número dos millones setecientos cuarenta y siete, por favor.

—Permítame su identificación.

Arrimé mi tarjeta sobre el mostrador y se la entregué al recepcionista. El hombre miró mis documentos y luego me miró a los ojos. Asintió con la cabeza y comenzó a teclear con vehemencia sobre el teclado.

—¿Desea retirar el cordón completo? ¿O solo una muestra?

—Una muestra está bien.

El hombre tecleó sin siquiera mirarme. Me hizo tomar asiento a un costado, volvió a llamarme a los pocos minutos y me entregó una pequeña caja blanca. Firmé una infinidad de papeles y pude retirarme por fin hacia la empresa.

El tiempo corría.

Fui directo hacia el departamento de biología y caminé hasta la subdivisión de genética. Quedaban apenas la jefa del servicio y dos o tres empleados. Por momentos se trató de un servicio muy concurrido, pero la realidad era que, con Copérnica ya encaminada, sus tareas habían mermado. Al menos, por ahora.

—Doctora Nicita, ¿cómo le va?

—Bien, señor Sydrunas —dijo alisandose el guardapolvo y acomodándose los anteojos—. ¿Puedo ayudarle en algo?

Sonreí y le entregué la cajita.

Por la tarde, la doctora me tuvo lista la memoria externa con la información que necesitaba. Le agradecí por sus servicios y le prometí un aumento. Pocas veces me detuve a pensar cuán glorioso podía llegar a ser el recurso de prometer de palabra y no por escrito.

Subí a mi habitación con la memoria sacudiéndose dentro de mi mano. Me costó camuflar mi entusiasmo: casi que se me escuchaba correr por los pasillos, por lo que más de uno paró las orejas al verme. Abrí la puerta y entré como si me orinara encima. La cerré detrás de mí y me apoyé contra esta, inhalando y exhalando hasta que mi eje pudiese centrarse. Pero ya le pedía demasiado a mi cuerpo.

Tomé asiento frente al gigantesco monitor que me habían instalado. Abrí Copérnica, accedí al código de programación, resoplé y conecté la memoria.

Capítulo 36

Con una sonrisa ensangrentada, Eva salió de la casa arrastrando una de sus piernas. Llevaba el revólver en la mano derecha, listo para utilizarlo contra sí misma en un callejón cercano. Pero en su confusión, cruzó la calle sin mirar hacia los costados. Hubo una baja de tensión. Uno de los semáforos se acababa de poner en rojo y esta vez, de pura casualidad, nadie la atropelló. Llegó al otro lado y corrió media cuadra hasta el callejón de la manzana de enfrente.

Cojeó hasta un sector interrumpido por cestos de basura, cajones de verdura vacíos y una humedad maloliente que penetraba la piel. Frenó en seco, miró hacia su alrededor y se descubrió sola.

—Ahora sí —resopló satisfecha y lagrimeó al cerrar los ojos—. Dios, si es que me equivoqué y en verdad existís, nos vemos del otro lado.

Puso el revólver justo debajo de su mentón e inspiró hondo una última vez. Tensó el percutor, relamiéndose en cómo, a pesar de que Ingrid conseguiría lo que quería, había logrado jugar sus cartas lo mejor que podía. Ella habría salvado a su padre, por fin habría hecho algo por lo que sentirse orgullosa. Por primera vez había antepuesto a los suyos que a sí misma.

Exhaló. Sonrió. Y disparó.

Apretó los dientes con fuerza, sintió el clic del gatillo al poner en funcionamiento la ingeniería del revólver e intentó vislumbrar la bala atravesando su cavidad bucal primero, la porción nasal

luego y finalmente el cerebro. Escuchó un chisporroteo y dilucidó que se trataba de sus neuronas en cortocircuito. Supuso, por otro lado, que el *shock* había sido tan extremo que ni siquiera pudo sentir dolor. Que incluso su cerebro se había permitido una falsa ilusión de vida, una premonición infundada como mecanismo de defensa. Rio y se dio cuenta de que de sus labios escapó un sonido. Tembló desconcertada. Necesitaba abrir los ojos y confirmar que no estaba donde más temía. No por lo horripilante de la idea, sino por el miedo a haberse equivocado. Temía estar en el infierno por haberse suicidado.

Pero no. Armándose de valor, abrió los ojos y se encontró con el callejón hediondo en el que había decidido despedirse del mundo, sembrando la sospecha, a su modo, en Ingrid Velvet. Sintió el frío del arma oprimir con fuerza la horquilla de su mandíbula. Tragó saliva. Su dedo índice estaba aferrado al gatillo en un espasmo cadavérico, y, sin embargo, no lograba entender por qué aún estaba viva. Sabía que cuanto más tardara, más se acobardaría. De modo que volvió a apretar el gatillo con ímpetu.

Pero, de nuevo, nada.

Volvió a martillar el arma, una y otra vez, pero todas las balas permanecieron en su recámara. ¿Habría sido una prueba? ¿La estaban filmando y usarían el material para escracharla frente a todo el mundo? Lo que fuese que Ingrid hubiera ideado, no iba a funcionar con ella.

Eva se deshizo del arma y se lanzó desencajada hacia un cesto de basura. Revolvió con violencia y dio con lo que buscaba. Se incorporó victoriosa. De sus manos asomaba una botella de vidrio envuelta en un diario.

Eva asió la botella por el pico y fue contra uno de los muros para partirla. Los vidrios cayeron sobre su mano y unos delgados hilos de

SEGUNDA PARTE

Hubo un silencio en el que Eva tan solo pudo escuchar el eco de sus últimas palabras. Sosegó su angustia y desesperación, levantó la cabeza y miró hacia la nada misma. ¿Acaso...?

—Di... Di... ¿Dios?

Y una voz grave que pareció provenir de todos lados y de ningún lado al mismo tiempo retumbó en su cabeza:

—El mismo.

Capítulo 1

No pude evitar emocionarme. Era un bebé hermoso. La doctora Nicita había hecho un trabajo estupendo. Ahí estaba la respuesta a cómo salvar el programa, enfrascada en un cuerpo diminuto, de ojos azules y cabello ralo angelical. Era admirable cómo algo tan pequeño podía ser la clave de algo tan grande.

Aboqué cada respiro a diseñar su desembarco en Copérnica: empecé por su viaje en canasta por el arroyo para luego continuar con su encuentro más que oportuno con una mujer entrañable, casada con un hombre bondadoso, quienes, de pura casualidad, no contaban con hijo alguno. La criaron tal y como esperaba que lo hicieran. Ella era periodista y él, abogado, por lo que su afán por la verdad le fue sembrado desde chica.

Acto seguido, me dispuse a asegurarle la mejor educación posible. Sus padres tenían un buen salario y sus gastos no eran exagerados, por lo que di apenas unas señales en los diarios semanales para que eligieran una escuela digna en la que inscribirla. Una que le abriera un poco la cabeza sin dejar de aportarle las herramientas básicas para poder luchar en el futuro. Tenía que asegurarme de que estuviese intelectualmente capacitada para ser capaz de desenmascarar toda la farsa de las religiones. Porque no la iba a tener fácil en absoluto.

Sin embargo, todo fue color de rosas durante las primeras horas. Sabía que la parte dura llegaría de un momento para el otro, pero

jamás pensé que me iba a costar tanto hacerlo. Sentí mi alma fragmentarse al minarle la vida de desdichas fríamente calculadas. Me sentí una basura, un psicópata, pero ella tenía que cuestionarse cómo era posible que su Dios fuese tan hijo de puta. Fue desgarrador verla sufrir a causa de mis códigos. La muerte de su perro, los robos a su padre, los intentos de abuso a sus compañeras de la escuela, el suicidio de su mejor amiga del secundario. Creo que nunca voy a poder sacarme de la cabeza sus llantos. Admito que con la muerte de su hermanito crucé la raya, pero trataba de consolarme con que, de todos mis intentos, fue el único que logró convertirse en la gota que colmó el vaso.

Pasé casi tres días sin dormir; ella se convirtió en uno de los trabajos más extenuantes que tuve en mi vida. El hecho de interceder en su historia pero al mismo tiempo dejarla a su libre evolución se volvió tedioso, agotador. Era como dejar germinar una semilla modificada de forma genética para que tuviera hojas azules, dejarla crecer y ver al cabo de un rato que todo había sido para nada, dado que las hojas, perfectas en casi todo sentido, seguían verdes. Y en el siguiente intento lo mismo, salvo que, en vez de verdes, estaban rojas, cuando yo las necesitaba azules. Incluso me vi obligado a hurgar en los inicios de Copérnica para dar con el material necesario de su investigación, acercárselo de la manera más sutil posible y dejar que ella sola lo descubriera.

Pero a medida que crecía, mantenerla con vida se volvió más y más difícil. Fue una labor descomunal desmantelar todos y cada uno de los intentos de asesinato que desde las distintas religiones brotaban como pimpollos en primavera. Era la enemiga número uno, y estaba bien que así fuera, yo la necesitaba en el centro de la escena mundial para que lo que fuera que tuviera para decir fuese escuchado por todos. Pero eso conllevaba un riesgo enorme. La vi

morir alrededor de treinta veces a lo largo de la semana. Sabía bien que ella no era más que un código corriendo en un *software*, pero, a su vez, no lo era.

Y todo para nada.

Una de las simulaciones permitió que presentase todos sus argumentos y pruebas en contra de la religión. Ella con su portafolios, su sonrisa orgullosa, el estrado enfrente, la Suma Sacerdotisa a un costado. La corte falló en su favor y todos los dirigentes religiosos de alto rango fueron procesados casi de inmediato. No obstante, no pasó mucho tiempo para que me diera cuenta del error que había sido aquello.

El hecho de que el fallo se dictaminara tan pronto generó un efecto rebote exagerado. En vez de lograr lo que yo tanto buscaba, Copérnica se sumió en el caos que ella había previsto. Los fieles se agolparon contra las autoridades, ella fue perseguida como nunca en su vida, los ateos se burlaban, los gobiernos ejercieron la ley marcial, los países de religión dura fueron a la guerra, los profetas henchían a sus seguidores con odio y fanatismo, los atentados se volvieron un hecho de todos los días, los que habían dedicado sus vidas enteras a adorar a un Dios que no existía no vieron otra escapatoria que el suicidio, los conspiracionistas sembraron dudas a diestra y siniestra, los anarquistas echaron combustible a la situación y el hombre terminó por autoaniquilarse en tan solo unas décadas.

O había sido todo demasiado rápido o bien la idea de quitarles una razón por la que vivir terminó siendo demasiada para ellos. Fuera el motivo que fuere, me quedaban dos días para resolver el problema, y, gracias a mi todopoderosa tendencia de arruinar todo lo que tocaba, Copérnica estaba más atrasada que antes.

No había que ser un científico para comprender que había sido todo un error. El enfoque, el estudio del problema, su posible

solución, e incluso el acondicionamiento de una vida entera. Nada de lo planteado había rendido frutos. Y todo por un simple motivo: no teníamos ni la menor idea de cuál era la verdadera razón por la que Copérnica tenía fecha de vencimiento. Es posible que, de hecho, hiciéramos todo lo que no debía hacerse. A lo mejor...

¿Qué si había que hacer todo lo contrario?

Por suerte, todavía quedaba tiempo, porque aún me quedaba una carta por jugar: hablaría con Eva por primera vez desde que la había creado.

Capítulo 2

Eva guardó silencio en posición fetal contra la pared. Podía indagar un poco en su código y leer sus pensamientos, pero con verle el rostro era suficiente: creía estarse volviendo loca.

—Tranquila. —Escribí y la vi taparse los oídos de manera instintiva.

—Esto no es verdad, esto no es verdad, esto no es...

—Tranquila.

Eva escrutó la nada misma con la mirada. Se incorporó de a poco y buscó la fuerza que no tenía para darle rienda suelta a esta locura que le proponía.

—Vos no... Vos no... Vos no...

—Existís. —Le terminé la oración y me reí. Tal vez los caracteres en la pantalla se veían fríos y áridos, pero traté de que mi voz resonara en su cabeza lo más paternal posible. Con la risa, aflojó un poco los hombros—. Por algo errar es humano.

Eva esbozó una sonrisa y sacudió la cabeza con brusquedad. No quería ceder a lo que podía llegar a ser su imaginación, no tenía intenciones de entregarse a su demencia.

—Yo tengo pruebas de que no existís. Tranquila, Eva —se dijo para sí misma, respiró hondo y controló el temblor de sus extremidades—, esto es producto de tu imaginación, nada más.

—Vos tenés pruebas de que los religiosos manipularon la fe y a los fieles por milenios. Pero nada de eso implica que yo no exista.

—Pero, pero...

—Tranquila —dije por tercera vez, y Eva lo sintió como un reto, puesto que volvió a arrinconarse contra la pared—. Eva, ¿importan las pruebas cuando la verdad misma acaba de ser develada frente a tus ojos?

No contestó. Meditó unos segundos qué decir o qué no decir, y terminó por ponerse de pie, ayudándose de la pared para sostenerse.

—Existís —soltó.

—Existo.

—No te veo.

—No hace falta.

—Entonces podés ser visible —dedujo, afirmó y preguntó; todo a la vez.

Ahora fui yo quien tardó en contestar. No obstante, ella era incapaz de reparar en ello; podía pausar la simulación cuando se me antojara, permitiéndome pensar con tranquilidad qué responder, y así poder corregirme cuantas veces quisiera.

—Yo Soy.

Lo acepto, amaba el estrellato. No todos los días uno podía presumirse como Dios frente a otro y en verdad serlo. Había que actuar acorde a la situación.

—Van a matar a mi papá.

—Eso parece.

—Por tu culpa.

Me recliné sobre el respaldo y rasqué mi barbilla. Eva recorría el callejón con los ojos saltando de un lado al otro. Por momentos parecía no ver nada, como quien pierde la vista y tarda en admitirlo. Tenía miedo. Me había increpado y la aterró hacerlo. Pero estaba demasiado enojada como para fallarse a sí misma.

—No te confundas, Eva. Que yo deje suceder no implica que yo haga.

—De alguna manera, decidir no actuar es hacer. Actuar por omisión es desidia.

—¿Qué sentido tendría el libre albedrío si yo me pusiera a decidir por ustedes?

—Exacto, ¿qué puto sentido tiene el libre albedrío?

—Eso vas a tener que averiguarlo por tu propia cuenta.

—¿Y qué me decís de Gabi?

Sabía que tarde o temprano me iba a salir con eso, solo que no esperaba que fuera tan pronto. Odiaba que me odiara, pero tenía que ganármela. Libre albedrío de mierda, cuánto más fácil hubiera sido todo si no lo hubiésemos incluido como facultad indispensable de cada copernicano.

—¿Qué me decís, eh? —arremetió—. ¿Me vas a decir que él solito decidió tener cáncer?

—No, Eva.

—¿Y para qué carajo te lo llevaste entonces? Ocho meses tenía, ¡ocho meses!

Me dolía la cabeza. No podía confesarle tan de golpe toda la oscuridad que implicó aquella decisión. Ni ahora ni nunca. No tenía por qué saberlo, pero tampoco podía decirle que me gustaba obrar de formas misteriosas. Estaba seguro de que, en caso de contestarle eso, me habría escupido.

—A veces, la muerte es el único recordatorio de que uno está vivo, Eva. Puede que nos toque de cerca, otras veces de lejos, pero sin la muerte no habría prisa por la que vivir. Muchos viven adormecidos en un ideal de eternidad que ellos mismos se inventaron y no ven mejor opción que dejar pasar los días en un estado vegetativo irritante. Mi intención no es sermonearte sobre uno de los tantos

motivos de la muerte, muchas veces hay que aceptar las cosas como son por el simple hecho de que así son. Lo que quiero es que al menos no lo tomes como demasiado personal. Quisiste mucho a Gabi.

—Para vos, Gabriel.

—Lo quisiste mucho y me odiás por habértelo quitado. —Una idea medio absurda se me disparó en la cabeza—: Pero estás siendo muy terrenal, Eva. Él está tan solo un paso más adelante que vos en el camino de la existencia.

Lo bueno de mentir con tanto descaro era que, en mi situación, nadie tenía la capacidad de refutar lo que dijese. Pero la culpa de faltar a la verdad con alguien a quien le había tomado más cariño del que debía persistía como una herida sin intenciones de cicatrizar. Porque habrían sido tres días de programación nomás, pero tres días en los que la vi nacer, dar sus primeros pasos, decir sus primeras palabras, ir a la escuela, darse su primer beso e incluso graduarse con honores de la facultad. Yo lo sabía todo de ella porque en solo tres días presencié toda su vida.

—¿Existe el cielo? —me preguntó de la nada.

Me hundí de hombros y me sentí contestando un examen de catequesis para el que no había estudiado.

—Ese nombre se lo pusieron ustedes. Existe algo después de la vida, pero no corresponde que te arruine la sorpresa.

Sus ojos brillaron por un segundo, pero volvió de forma instantánea a su actitud hosca y desafiante.

—Haya lo que haya después de la muerte, nada puede justificar que un bebé indefenso deba sufrir lo que sufrió mi hermanito. Porque la muerte no es gratuita, la agonía previa se sufre. Todavía no me puedo sacar sus llantos de los oídos.

—Como el parto, ¿no te parece?

Eva refunfuñó para sus adentros. El paso de la vida intrauterina a la extrauterina era casi tan traumático como el de la agonía previa a la muerte, solo que de uno se perdía el recuerdo, y del otro, el conocimiento.

—¿Qué querés de mí?

—Quiero que me ayudes.

Capítulo 3

Pausé la simulación por decoro. No correspondía dejarla correr y que por cada segundo que me tomara en contestarle se simulase casi toda una vida en la que nadie le había contestado. Imaginar que hablaba con Dios y que el basura me colgara el teléfono sin aviso era casi tan exasperante como un cuadro milimétricamente torcido en la pared. Toda una vida preguntándome qué me habría querido decir, qué carajos le habría pasado, si no era más que una confirmación de estar volviéndome loco. Era una pésima persona, y un pésimo Dios, pero todo tenía su límite.

Volví a reclinarme sobre el respaldo y alcé los brazos por detrás de mi cabeza. Junté las manos y resoplé. Mi corazón latía con fuerza, tanto que me pareció escucharlo bombear sangre por mi cuerpo. Pronto me di cuenta de lo inverosímil que resultaba mi idea, y giré sobre mi asiento para ver de dónde provenía el sonido. Golpeaban mi puerta. Sabían que no podían molestarme acá arriba.

Observé a través de la mirilla y no vi a nadie.

—¿Quién es?

—Yo, Alan. Perdón que te moleste.

Palumbo, no había otra persona que no fuese capaz de alcanzar el rango de la mirilla. Giré el picaporte y entorné la puerta. Allí estaba, diminuta, casi a la altura de mi cadera.

—Decime, Adri.

—Sí, eh — puso una mano en el marco—, me mandaron de abajo para ver si pasaba algo extraño con tu servidor.

—¿Algo extraño?

—Sí. —Colocó un pie entre la puerta y el marco. Quería ingresar, pero no cedí un centímetro—. Alguien está pausando la simulación y, al rastrear los movimientos, nos pareció raro que hubiera sido todo desde acá.

—¿Raro? Hasta donde sé, soy el director.

—Sí, ya sé, pero no por eso deja de ser raro, querido. Nadie se acuerda de cuándo fue la última vez que manipulaste el código desde tu habitación. Me mandaron para chequear que todo estuviera bien.

«Podrías haber llamado», pensé, pero empujó un poco la puerta y, por cansancio, le permití entrar.

—Te prometo que está todo bien. Pero ando bastante ocupado, ¿por qué no mejor...?

—Recién vengo de hablar con Nicita, de genética.

Tuve que tragar saliva. Tomó asiento en mi silla y me acerqué otra con un leve calor asentándose en mi frente.

—Así que viene por ahí la cosa...

—Estamos preocupados.

Cerré los párpados con lentitud. No necesitaba un sermón, no en ese momento. Sus preocupaciones no tenían nada que ver con mi visita a la genetista.

—Quédense tranquilos, estoy trabajando en algo.

—Sí, nos dimos cuenta.

Silencio. No podía confesarle qué era lo que hacía, no hasta que tuviese éxito. Porque sabía que, dijera lo que dijese, no me iba a creer.

—En serio, estoy bien.

—Alan —dijo, y acercó su silla a la mía—, todos estamos al tanto de cómo terminaron las cosas la última vez que intentaste algo parecido. Y vos mejor que nadie lo sabe.

Negué con la cabeza.

—Esa vez me abandonaron, me dejaron solo. Nadie creyó en mí. Ahora es distinto.

—Era distinto. Veníamos con un rumbo que te excedía, que iba más allá de vos y las cosas que te pasaron. Alan —apoyó su mano en mi rodilla, con las cejas caídas y los ojos vidriosos—, ya pasó mucho tiempo. No soy quién para decírtelo, pero tenés que soltar. Hay muchas personas en juego si esto lo usás para recuperar lo que perdiste. Seremos tus empleados, pero somos personas también. Prometeme que no vas a usar la memoria que te armó la doctora.

La miré fijamente. Dudé. Cerré los ojos.

—Te lo prometo.

Pero ya era demasiado tarde.

Capítulo 4

«¿Qué querés de mí?»

«Quiero que me ayudes».

Eso releí en el monitor y respiré hondo. Adriana se había retirado hacía unos minutos y yo volvía a estar sentado frente a Copérnica. Frente a Eva.

Largué el aire de mi pecho con lentitud. ¿Por qué se preocupaban tanto? ¿Qué tenían que meterse en mis asuntos? Sacudí la cabeza con fervor e intenté concentrarme en la pantalla. Eva me estaba hablando:

—¿Que te ayude? ¿Qué me estás diciendo?

—Antes necesito tu palabra. ¿Cuento con vos?

Estaba furiosa. Los ojos le brillaban cuando se enojaba y sus pómulos adquirían un tinte rojizo que le era imposible de ocultar. No pude evitar sonreír.

—Pará un poco. Pará, porque me voy acordando de todo lo que tenía para decirte.

—Eva...

—Pará que no terminé, te lo digo en serio. Nunca me gasté en armar una lista porque supuse que no existías, pero la cantidad de cosas que tengo para reclamarte es eterna.

—Eva...

—Mataste a mi mamá.

—¿Que yo qué?

—No, ya sé que la mató la muy puta de Velvet, pero sé honesto, ¿vos permitiste o no que la mataran?

Eva le gritaba a la nada, hablaba con el aire en un callejón que hacía eco de sus palabras. Insonoricé los alrededores para que nadie interrumpiese la conversación; parecía una lunática, y era cuestión de tiempo para que alguien llamase a la policía.

—¿En serio querés redundar sobre la omisión de acción y el libre albedrío?

—Contestame esto entonces: podrías haberlo evitado, ¿cierto?

Hice una pausa.

—Sí.

—Y así como evitaste que me suicidara, pudiste haber evitado que también secuestraran a mi viejo, que le arrancaran un ojo, ¿me equivoco?

Opté por no contestar.

—Y además pudiste haber impedido que muriera Gabi. Pero no, dejaste que todos en mi familia sufrieran tu inoperancia y a la única a la que le impediste la muerte fue a mí. —Vi cómo se atragantó en su discurso a la vez que sus ojos refulgían con perspicacia y un odio incipiente—. Claro, es eso. Vos sos el que no me deja morir. Un ladrón asesinó a Gustav minutos antes de que él pudiese matarme en el hotel, el avión que se extravió fue justo el que no tomé, el colectivo que chocó el mes anterior fue al que no me subí por haberme quedado dormida. La carta... ¡La carta en el hotel!

Mierda. La hice demasiado inteligente.

—Eva...

—¿Vos...? Carajo, yo no estoy acá por casualidad, ¿me equivoco?

—Nadie existe por casualidad.

—Claro, claro. Por fin, todo tiene sentido. Vos me elegiste, pero no hoy: me elegiste el día en que nací. —Tomó una bocanada de aire y comenzó a dar vueltas en círculos, agarrándose la cabeza y abriendo los ojos tanto como sus órbitas se lo permitían—. No conozco a mis papás biológicos, tuve una vida de mierda, te odié como a pocos, me hice un lugar en el mundo por el aborrecimiento que te tengo, me encontré con pruebas que me daban la razón, me embarqué en la causa judicial más importante de la historia de la humanidad y justo te venís a aparecer para demostrarme que todo lo que hice en mi vida es falso. Y que además soy inmortal, claro, o al menos hasta que cumpla con lo que tenés pensado para mí. Y ese es el favor que me querés pedir.

—No todos tienen tan clara su misión en la vida como vos ahora, Eva. Considerate una afortunada.

—¿Afortunada? Me cagaste la vida para dar cabida a tu mente enferma, ¿de qué me hablás?

Bueno, había hecho un comentario desacertado. Dentro de los privilegios de poder manejar el espacio-tiempo de un universo, se encontraba el de enmendar errores infantiles a causa de una mala elección de palabras. De modo que volví sobre lo que había dicho.

—¿En serio creés que todo lo que hiciste en tu vida es falso? ¿Tan equivocada te ves?

—Bueno, a menos que seas el fruto palpable de una esquizofrenia que me atormenta, es evidente que estaba equivocada.

Y se odiaba por haberse equivocado, se le notaba en la cara. Debía endulzarle la oreja para que al menos se dispusiera a escucharme.

—Eva, aunque no lo creas, estamos en el mismo bando.

—Sí, seguro... —farfulló.

—En serio te digo.

—Convengamos que nos odiamos mutuamente, pero para ser honesta, ya ni me importa.

—No hace falta que nos amemos para ambos querer lo mismo —repuse

—Ah, ¿no? ¿Y qué se supone que queremos?

—Derrocar la religión, Eva.

Frenó en seco sobre su lugar. Sintió que le faltaba el aire y de nuevo no supo a dónde mirar.

—Por favor, mostrate de alguna manera, me está volviendo loca hablar en voz alta con mi cabeza.

Hice que un cesto de basura eructase su contenido y un gato salió maullando despavorido. Eva se quedó mirando al gato, pero fue el tacho quien emitió palabra:

—¿Mejor?

Miró el cesto de basura, aterrorizada, y asintió temblorosa.

—¿Cómo me vas a pedir eso? —tartamudeó con nerviosismo—. No tiene sentido.

—¿Derrocar la religión? —Eva asintió—. ¿No era lo que querías?

—Sí, pero vos no me podés pedir algo así.

—No te confundas —la interrumpí antes de que empezara a dar vueltas en círculos—, no es que quiero que no crean en Dios. Solo quiero que dejen de escuchar a quienes hablan en mi nombre.

Eva examinaba el cesto de basura con una atención que jamás creyó posible. Cualquiera que la mirase desde la vereda habría pensado que estaba a punto de batirse a duelo con un maloliente cilindro de metal. Casi que aquella suposición sonaba más cuerda en comparación a lo que en verdad sucedía.

—¿Por qué? —me preguntó desorientada.

—Porque eso va a terminar por destruirlos.

Quitó los ojos del tacho y respiró hondo. Caminó hacia un lado y luego hacia el otro.

—Entonces es verdad... —murmuró.

—¿Qué cosa?

—Todo lo que dicen de vos, ¿de qué más voy a estar hablando? —suspiró—. Si estás preocupado por nuestro exterminio es porque entonces ya lo conocés. Por ende, sos nuestro creador, y supongo que serás también omnipotente, todopoderoso, inmortal, y toda esa sarta de estupideces. Todo lo sabés y nada se te escapa. —Hizo una pausa, rindiéndose ante la abrumadora verdad que siempre quiso negar—. Esto no puede estar pasando, es una locura...

—No tengas miedo.

—No tengo miedo —bufó—. No sé qué tengo, pero te aseguro que miedo no es. Al menos, no por ahora. Siempre me quedó la duda de si en verdad eras un Dios rencoroso o un Dios que todo lo perdona. Me inquieta no tener idea de con quién hablo.

Reí a carcajadas. Sin embargo, logró dejarme pensando. No le iba a revelar que no era inmortal; aunque, a los fines prácticos, sí lo era. Al dar inicio a la simulación, no había que ser un genio para entender que yo existía desde el inicio de sus tiempos. E incluso desde antes, y hasta el final de estos.

A pesar de darse por sentado, el tiempo fue algo muy difícil de sortear. En este tipo de programaciones no existía tal cosa. Lo que sí existía era una sucesión de eventos desencadenados por una serie de hechos, que, vistos en una secuencia, podría decirse que algo vino antes que lo otro, y, por lo tanto, aquello terminaba siendo susceptible a una adjudicación de tiempo.

Ahora bien, cuando la simulación se dispara y finaliza, deja un universo conciso armado entre medio, al que uno puede acceder como si se tratara de páginas en un libro, y cada una es tan vívida como la anterior o la siguiente. Y todo gracias a una sensación de presente en la que embebimos a los copernicanos. Cada una de las páginas de la simulación es un presente por sí solo, determinable como pasado o futuro solo en comparación con las páginas que la rodean.

Yo mismo decidí hablar con Eva en ese preciso momento, pero en el fondo sabía que ambos lo interpretábamos como su presente por error, porque era una cuestión de clics el trasladarme a otra página de su vida e intervenir en esta como si se tratara también de un nuevo presente. Uno totalmente distinto.

Al fin de cuentas, yo era mortal fuera de la esfera del *software*, pero a la vez era todo lo magnánimo que podía ser dentro de esta.

—Bueno, es como decís —terminé por aseverar—, pero también no lo es. Lo único que escapa a mi poder es hacerlos obrar acorde a mi voluntad. De eso ya hablamos.

—¿Entonces sos todo paz y amor o sos infierno y bala para el que no te ama? Porque de eso depende que saque o no mi pasaje hacia el inframundo.

Esta vez tecleé mi risotada en la computadora. Eva sonrió.

—Ni uno ni lo otro, Eva.

—Qué bien. Creo que lo primero que me hizo dudar de tu existencia fue la vanidad exagerada que te adjudicaban. ¿Quién puede ser tan egocéntrico como para crear una especie cuyo único objetivo deba ser el de amarlo por sobre todas las cosas? Es más fácil comprarse un perro, que ama sin preguntar.

Volví a reír con fuerza.

—La verdadera pregunta es cómo pude haber creado a gente que prefiere a los gatos.

Ahora fue ella quien me devolvió la carcajada.

—¿Entonces? ¿Cuál es tu verdad?

Lo cierto era que yo no pretendía nada de ellos. ¿Cómo decirles que fueron creados con el único propósito de sobrevivir más tiempo que nosotros? ¿De ser un borrador del que copiar ideas para nuestro beneficio? Pero ya no le podía mentir, se daría cuenta. Debía serle honesto y hacer lo que siempre debía hacerse con los que se ama: ocultarle las partes dolorosas de la verdad.

—Sí, soy su creador. Antecedo al tiempo y lo sobrepaso, sé todo lo que sucede y puedo alterar su realidad a mi antojo. Ahora bien, no me perturba que me odien o que me amen. Lo cierto es que me importa muy poco. No siento agradecimiento alguno como una caricia al alma, ignoro todas y cada una de sus plegarias, no me significan nada los hombres que dedicaron sus vidas enteras a mí, y me paso todas sus ofrendas, los sacrificios y las promesas, bien sabés por dónde —rio—. ¿Sabés por qué? Porque todo lo que me veneraron lo dedicaron a otro Dios. Al Dios que los religiosos les impusieron, una falsa imagen de quien yo podía llegar a ser, de quien ellos querían que fuera, de quien les convenía que fuera. Y así me hubieran agradecido en verdad por haberles dado todo lo que tienen, para ser honesto, tampoco me significaría nada. Perdón por la cruda realidad, Eva, pero es así. Esa es mi verdad.

Sin embargo, me tomé un segundo para observarla y me sorprendió encontrarla extasiada mirando el cesto de basura. Mis palabras eran oro puro, y no podía creer que coincidiera tanto conmigo.

—¿Por qué? ¿Por qué molestarse en que no nos aniquilemos?

—Un poco por amor propio, si se quiere. No van a manchar mi nombre unos fanáticos a los que nada les debo y quienes mucho me deben. —Hice una pausa y suspiré—. Y otro poco porque, de alguna manera, son mi responsabilidad.

—¿Qué querés decir con eso?

—Que yo los creé, Eva. Dar vida no es algo que se pueda tomar a la ligera bajo ningún concepto. Tanto para mí, como su Dios, como para ustedes si les toca ser padres. Tenemos la responsabilidad de asegurarnos de que nuestras crías lleguen a buen puerto. Que si se autodestruyen al menos hayamos podido dar todo de nosotros para impedirlo. Al fin y al cabo, son mis hijos, los amo a todos en general y a ninguno a nivel individual. Pero ahora te necesito a vos para que me ayudes a salvarlos.

—¿Y cómo se supone que yo pueda llegar a ser útil para hacer todo esto?

Entrelacé los dedos de mis manos e hice tronar las articulaciones cual metralleta sobre el teclado. Estaba eufórico.

—En dos semanas tenés la audiencia frente al tribunal, ¿cierto?

—Dos semanas, sí. —Asintió Eva con ímpetu.

—Vos quedate tranquila, yo voy a estar a tu lado en todo momento. Lo que sí, preparate, porque ese día les vamos a llenar el culo de milagros. El juicio final está en puerta.

Capítulo 5

Era una casa harapienta en medio de un descampado en las afueras de la ciudad. Se veía a los cuervos levantar vuelo ante el más mínimo sonido y sus graznidos podían escucharse a kilómetros de distancia. Eva atravesó los pastizales a paso firme, con una convicción impregnada en su mirada que daba miedo de solo atisbarla.

Se acercó a la edificación y se tomó un momento para observarla con detenimiento. Barrotes oxidados atravesaban las ventanas desnudas. Las paredes estaban agrietadas y la pintura se les desprendía de a parches como si de escamas se tratara. Un silencio sepulcral recorría el suelo en forma de una brisa ululante que hacía erizar los vellos de la nuca.

Escuchó el sonido metálico de una bala que entraba en la recámara de un arma.

—¡Un paso más y te vuelo la cabeza! —dijo una voz hosca desde el lúgubre interior de la casa.

Los cuervos dejaron de graznar, pero observaban curiosos desde lo alto. Tal vez les tocaría comer esa tarde. Eva guardó silencio y sonrió. Dio un paso hacia adelante.

—¡¿Te pensás que esto es un juego?! —Volvió a arremeter la voz, y se escuchó un disparo.

Los cuervos huyeron despavoridos y un montículo de tierra se levantó a metros de donde estaba Eva. Pero ella dio otro paso y reanudó la marcha.

—Fuego, muchachos.

El sonido metálico de armas cargándose se multiplicó desde las aberturas de la casa y ella pudo ver con detenimiento la balacera alzándose frente a sus ojos cual arpones de plomo que intentaban cazar un único pez, dejando una estela humeante de pólvora a su paso. Pero Eva no tenía intenciones de detenerse. Justo cuando estaban por impactarla, las balas se volvieron arena en el aire y el viento se las llevó en forma de una cortina dorada hipnotizante. Siguió caminando.

—¡¿Qué carajo?!

Los hombres volvieron a disparar, pero las balas friccionaban contra el aire denso que la rodeaba, y no pudieron más que volatilizarse con pavor. La balacera continuó por tensos segundos, pero Eva ya había alcanzado la puerta de la casa. El ambiente era húmedo y oscuro, teñido por un aroma que conocía demasiado bien: el del miedo.

—Morite, puta —dijo el que parecía el jefe, y apretó el gatillo de su arma con furia.

Pero esta disparó en falso. Se había quedado sin municiones.

Eva sonrió.

—Puta tu vieja.

La enviada de Dios extendió los brazos hacia cada lado con violencia y una onda expansiva los arrojó de una forma brutal contra las paredes. Todos cayeron inconscientes.

Caminó hacia el centro de lo que habría de ser el comedor y encontró a su padre maniatado a una silla. Una venda ensangrentada cubría su órbita vacía.

—Vamos, pa, va a estar todo bien.

Antes de irse, Eva logró quitarle el arma a uno de sus captores. Los cuervos graznaron de alegría.

Capítulo 6

Tenía las manos empapadas. Caminé hacia abajo, asentí con la cabeza a quienes me saludaban, e ingresé en programación lo más rápido que pude.

Un ambiente escalofriante me aguardaba: no volaba una mosca, se podía escuchar el aire acondicionado funcionar a lo lejos y ver a más de un programador con la cabeza hundida entre sus brazos. Algunos parecían dormitar, otros miraban sus pantallas como si de las películas más aburridas del mundo se tratara y unos pocos tomaban café con un nerviosismo que pocas veces había visto en el sector. Caminé hasta la oficina de Bostrom y lo encontré enfrascado en su computadora. Tecleaba sin descanso, arrancándose los pelos, y por momentos quebraba en una tristeza sin precedentes. Estaba destruido.

—Viktor.

Bostrom se sobresaltó sobre su silla y no pudo esconder su estado. Estuvo a punto de intentarlo, pero se dio por vencido, y me ofreció asiento.

—Hasta que saliste de tu habitación.

Tomé mi lugar frente a su escritorio y lo observé con detenimiento. Sonreí al pensar que podría ser un fiel espejo de mi situación; sin embargo, yo todavía no me había embarcado en la desolación absoluta. Me encontraba igual de colapsado, pero al menos aún tenía esperanzas de cambiar el destino de la empresa; Viktor, no.

—Perdoná que no avisé que venía. Tengo que hablar con vos.
—Lo que necesites.

Me miró con los párpados a media asta, exhausto. Debía de pensar que venía a decirle que bajara los brazos, que lo habíamos intentado todo pero que ya era hora de armar las valijas e irnos a casa.

—¿Cómo estás?

Abrió los ojos, sorprendido. Se reclinó sobre su asiento mientras resoplaba y cruzó los brazos por detrás de su cabeza.

—Como el culo, qué querés que te diga.

—Viene difícil la cosa —murmuré.

—Nunca pensé que nos íbamos a estancar faltando tan poco —meditó, y se incorporó hacia adelante—. Miento, al principio no pensaba que fuésemos capaces ni de simular un solo día, pero ahora, después de tantos milenios programados, sería una picardía quedarnos en la puerta de la gloria máxima.

Reí ante su comentario.

—Sería una cagada. Pero arriba el ánimo, que...

—¿Arriba el ánimo? Alan, estamos a nada de perderlo todo.

Traté de mantener la seriedad todo lo que pude, pero se me escapó una sonrisa.

—¿Qué es tan gracioso?

—Nada, solo que yo no lo daría todo por perdido. No todavía.

—¿De eso querías hablar? —Se aproximó al escritorio—. ¿De lo que estuviste haciendo en tu habitación toda esta semana?

—Acompañame. Traé tu laptop.

Bostrom saltó de su silla para seguirme. Supo contener su ansiedad y no hizo una sola pregunta en todo el camino, pero lo vi cambiar el ritmo de sus pisadas para poder aguantarme el paso sin que se vislumbrase lo apurado que estaba.

Ingresamos en mi habitación y tomé asiento frente a mi escritorio.

—Ponete cómodo —le dije mientras encendía el monitor, sin prestarle atención.

Sin embargo, escuché un sonido que hizo que mi corazón se salteara un latido. Di media vuelta y vi a Viktor girar el picaporte de la habitación contigua.

—¡No! —Pegué un salto y me interpuse en su camino—. Ni se te ocurra entrar en este cuarto.

Viktor retrocedió asustado y me permitió cerrar la puerta que apenas había logrado abrir. Le pedí disculpas juntando las manos frente a mi pecho y exhalé tranquilo.

—Perdón, acá podés ponerte cómodo. —Señalé el espacio donde nos encontrábamos.

—Disculpá, Alan, no sabía, no qui...

—No te preocupes, pero me gustaría cuidar la poca privacidad que a uno le queda acá adentro.

Viktor me sonrió distendido y aguardó a que me sentara para ocupar su lugar a un costado mío.

—¿Qué tenés pensado?

Le devolví la sonrisa, un poco más relajado, e hice sonar los dedos frente al monitor. Ya se me estaba por volver una costumbre.

—No hagas eso — soltó preocupado.

—¿Esto? —Volví a chasquear las articulaciones de mi mano, pero no fui capaz de hacerlas emitir ningún sonido—. Bueno, eso.

—Hace mal. Te arruina los dedos, o algo así leí en una revista. Y bien que los necesitamos para nuestro trabajo —dijo mirándose las manos como si estuviera enamorado de ellas.

—Para eso te buscaba. —Le sonreí y puse una de mis manos sobre su hombro—. Necesito tu ayuda.

—A tus órdenes.

—Vos sabés mejor que nadie que cuatro manos programan mejor que dos. Bueno, voy a necesitar un poco de tu magia para lograr lo que tengo en mente.

Capítulo 7

Un murmullo incesante bañaba las paredes del salón. El crujir de la madera irrumpía cual relámpago en medio del enjambre zumbante y hacía crispar los nervios del juez a sobremanera. Su respiración, que solía ser gruesa y notoria, era apenas audible por encima del cuchicheo por parte de la prensa y los curiosos. Y todo era porque Eva Rosberg aún no había llegado.

Ingrid Velvet aguardaba a un costado, ansiosa. Repiqueteaba sus dedos sobre una resma empapada en caracteres, confiada de que el juicio no sería más que un trámite.

Todos guardaron silencio. Las puertas ubicadas detrás del estrado se abrieron y Eva atravesó el umbral acompañada por dos custodios. No traía su portafolios bajo el brazo, ni tampoco una pizca de nerviosismo desparramado por su rostro. Eso molestó a la Suma Sacerdotisa.

Eva tomó su lugar en el escritorio de la parte demandante y esperó, de pie, con una seriedad de acero.

—Invito a la señora Ingrid Velvet al estrado a declarar por la causa de estafa y evasión fiscal.

Ingrid ensanchó una sonrisa burda color carmesí puro, impermeable a las balas de plata que Eva estuviese por dispararle. Se puso de pie y caminó con una seguridad implacable hasta su lugar en el estrado.

—Señora Velvet... —comenzó Eva, acercándose de a poco, pero se interrumpió al mirarla a los ojos.

—¿Pasa algo? —inquirió Ingrid.

En sus ojos, Eva vio la mirada de alguien capaz de ver el futuro, y tuvo que hacer fuerza para no retroceder un paso. Notó que Ingrid sabía bien cómo iba a terminar ese juicio. Que se veía perdedora, que la despojaría de todas sus riquezas y de su enorme sitio de poder. No era ninguna idiota; después de todo, había llegado a donde estaba sin ayuda ni consejo. Y, sin embargo, le sonreía. Perderlo todo no iba a ser su última carta por jugar, cobraría venganza, no le cabía la menor duda.

—En absoluto —Eva sonrió—. ¿Puedo hacerle un par de preguntas?

—Me gustaba más como periodista, pero...

—Pero, muy a su pesar, también me recibí de abogada. Igual no se preocupe, voy a hacerle las mismas preguntas que no se atrevió a contestar para mi diario.

Sintió las cámaras de la prensa enfocándose en su rostro y agrandando la imagen hasta que sus poros fuesen visibles. No debía hacerlo, lo sabía, pero le urgía un imperioso deseo de tragar saliva. No obstante, allí estaban las cámaras, y mostrar debilidad tan temprano en la declaración solo la ataba a un panorama turbio y sinuoso del que no le sería tan fácil escapar.

—Prosiga.

—De acuerdo —comenzó Eva paseándose por la sala, dando la espalda a Ingrid en más de una ocasión—. ¿Es usted culpable de los cargos por los que se la denuncia?

Ingrid se acomodó en su asiento y extrajo de su cerebro la respuesta que tanto había practicado en su palacio antes de

la audiencia. Cerró los ojos y giró la cabeza hacia un costado, apenada.

—Me daña que usted piense eso de mí, Rosberg.

—Limítese a contestar a la pregunta, Su Santidad. Se lo agradecería.

—Es que esta es mi respuesta. Lamento que usted lo considere parafernalia, pero para mí es casi tan importante como un sí o un no. —La miró y vio la sangre chorrearle por los colmillos—. Y le digo esto porque es una pregunta maliciosa, que se presta a una interpretación errónea.

—Es bastante simple, de hecho.

—¿Me pregunta si me considero culpable de aunar los esfuerzos por mantener las religiones ordenadas y respetuosas entre sí? ¿Si soy yo la responsable de que millones de personas hayan encontrado una forma más placentera de contactar con sus creencias? ¿Si acepté el reto de cargar con la herencia de muchos religiosos que hayan procedido de forma incorrecta, pero de tantos otros que tanto tuvieron para ofrecer al mundo? Sea honesta, ¿quiere saber si soy culpable de defender al Señor de seres tan despreciables como usted? —Se cruzó de brazos—. Culpable hasta la médula, señorita Rosberg.

El público estalló en aplausos y es probable que también lo hicieran los millones de televidentes a lo ancho y a lo largo de Copérnica. Ingrid se apoyó contra el respaldo de su asiento y sonrió provocativa. Eva aguantó estoica el alboroto, a la espera de que el juez hiciera uso de su martillo para convocar al orden. Este no se hizo esperar.

Una vez estabilizados los ánimos, Eva pudo aclarar su garganta y continuar como si nada hubiese pasado.

—Quiero hacerle saber que a usted no se la denuncia por los servicios que podría llegar a prestar a sus fieles. Usted está aquí por haber malversado fondos a diestra y siniestra, por estafar a gobiernos y simples ciudadanos en todo el planeta, por llenarse los bolsillos a costa de algo incomprobable y por vivir de estas riquezas escudándose en la falsa austeridad que muchos de ustedes pregonan.

Eso último no era parte de la denuncia, pero le fue placentero sacárselo de encima. Ingrid la escrutó con curiosidad.

—Cuide sus palabras, Rosberg.

—¿Me está amenazando?

—En absoluto, señorita, pero usted bien sabe que no debió asistir a esta audiencia.

—Veo que no se ha enterado. —Eva vio a Velvet apretar los labios y por poco estalla en una risotada—. Ya lo rescaté, Ingrid.

La Suma Sacerdotisa empalideció. Los labios le viraron del rojo sangre a un lila débil y sus ojos por poco desbordan sus cuencos. Eva se cruzó de brazos.

—Secuestraste a mi viejo y ni eso te sale bien, mediocre.

Un bullicio estruendoso se despertó en el público, los *flashes* de las cámaras inundaron la sala, e incluso el juez tuvo que acomodarse en la silla para poder recuperar la calma luego de que su cerebro procesara aquel comentario.

—¡Objeción! ¡Objeción, Su Señoría! —explotó Ingrid, queriendo acallar las voces—. Quiero presentar cargos contra la señorita Rosberg por difamación pública aprovechando la alta exposición mediática de un caso que nada tiene que ver con lo que denuncia. Es una infamia, merece ser retirada de la audiencia de inmediato.

El juez asintió con la cabeza, pero la reacción de Ingrid lo hizo reírse internamente de modo tal que la supo culpable en tan solo un instante. Sin embargo, tenía razón, Eva se había excedido.

—Señorita Rosberg, por favor, limítese a hacer las preguntas. Y usted, Su Santidad, limítese a contestarlas. Ya tendrá tiempo para iniciar las acciones que quiera iniciar.

—¡Pero esto es una locura! ¡Cómo puede ser que permitan algo así! ¡Quién se creen que so...!

—Silencio —intervino el juez a la vez que golpeaba el martillo contra su base—. Señorita Rosberg, prosiga, por favor.

—Le pido disculpas y le agradezco, Su Señoría. —Eva hizo una leve reverencia; sabía que sus colegas estarían de su lado y dilapidarían a Velvet—. ¿Se encuentra más tranquila? ¿Puede seguir con el cuestionario? —se dirigió a Ingrid.

Hubo un silencio escabroso en el que la Suma Sacerdotisa enfocó toda su ira en incomodar a Eva.

—Le hago una pregunta, señorita Rosberg — sonrió al agarrarla con la guardia baja—, ¿usted cree en Dios?

—Objeción, Su Señoría.

—Contestame, Eva —continuó la colorada, y atravesó su cuerpo con la mirada—. ¿Creés? —Sonrió—. Y si creés, ¿por qué estás tan empecinada en destruirlo? ¿Tanto daño te hizo? ¿Tanto miedo le tenés?

Sabía que podía no contestarle; no obstante, aquel era un buen momento para abrir el telón.

—No me subestime, Su Santidad, acá sus maniobras de manipulación no van a surtir efecto. Comienza a interrogar durante su interrogatorio, me demanda durante su demanda, solicita que me retiren, ¿qué más le queda en el tintero? —Carcajeó, solo que el juez le hizo una seña para que fuera al punto y siguiese con el

cuestionario, por lo que se aclaró la garganta para continuar—. Pero si tantas ganas tiene de saber, le voy a ser franca: si Dios existe, que me parta un rayo. Que la peor tormenta habida y por haber se cierne sobre este juzgado, que tiemblen los suelos y se rajen los techos, y que la electricidad del rayo destructor me cueza los huesos, me destruya y me reviva de entre los muertos.

En cuanto terminó de pronunciar la última palabra, los cielos tronaron a lo lejos.

Capítulo 8

—¿Estás listo, Viktor? —le pregunté con ímpetu.

Los dedos me temblaban sobre el teclado, sentí una gota de sudor caer por mi frente y el corazón galopar dentro de mi pecho. Pero Viktor no correspondió la emoción. Miraba su pantalla sin mirarla, alienado.

—¿Pasa algo?

De pronto salió de su conmoción y parpadeó un par de veces antes de contestar.

—Disculpá, me había quedado pensando...

—Contame.

—No, no es nada importante. —Se frotó los ojos y negó con la cabeza.

—Pero...

— ¿Eva? ¿Debería preocuparme?

—Es un lindo nombre, Viktor, nada más —lo tranquilicé, y extendí una mano hasta su hombro—. Si querés, tomalo como un guiño a la Biblia.

Viktor asintió y se concentró en su computadora.

—¿Listo para desatar la furia divina?

Capítulo 9

Se escuchó el rugir del viento fuera del edificio. La sala se bañó en una sombra apenas paliada por las luces de los techos. Los cielos se habían nublado, el aire se filtraba por los ventanales en un chirrido escalofriante. Se sintió la humedad aproximándose y el aire se volvió espeso y fresco. Un aroma a tierra mojada manaba de los muros, y el murmullo nervioso del público se hizo presente en cuestión de segundos.

Eva miró hacia su alrededor y simuló desasosiego. Los vasos sobre los escritorios comenzaron a escupir pequeñas gotas de agua hacia afuera. El sonido metálico de las cadenas que pendían de los veladores aplicó una sutil dosis de tensión al espectáculo. Finalmente, Eva y todos los presentes sintieron un hormigueo inexplicable en los pies. El viento desató el pánico en los corazones cuando comenzó a huracanarse por fuera; azotaba los ventanales con potencia, haciendo gemir los cristales al tatuarles cicatrices blanquecinas. La tierra tembló bajo sus pies y la gente no supo si apelotonarse en la salida o bien aguardar en sus lugares a que cesara.

En eso, un sonido grave y cavernoso sacudió la sala. Los techos se rajaron en un crujido insoportable y un bloque del cielorraso se precipitó a un lado de Eva. Miró hacia arriba y vio que por el hueco no asomaba más que la negrura perfecta de las nubes arremolinándose en el exterior. Sintió todos los pelos de su cuerpo erizados. Un aura de estática la rodeó, y supo que había llegado el

momento. Una luz blanca resplandeciente inundó sus ojos, mientras un rayo caía de los cielos a través de la abertura sobre su cabeza.

La oscuridad cubrió el salón.

Se trató de tan solo un instante, pero el sonido fue atroz. Fue como si la Tierra se hubiera rasgado a la mitad y arrastrara todo a su paso, llenando sus oídos de destrucción. Cualquiera hubiera dicho que los gritos de pánico brotarían al unísono de gargantas aterradas, pero nada de eso sucedió. Al contrario, a la oscuridad la acompañó un silencio de entierro esotérico. El pavor era tal que la gente no podía ni expresarlo en bramidos. Permanecieron en la negrura espesa sin emitir palabra, con un acúfeno zumbando en sus oídos; ciegos, sordos y mudos. En eso, una voz provino de todos lados:

—Calma.

Por el mismo hueco por el que había entrado el rayo ahora avanzaba lenta y suavemente un haz de luz dorado. Pequeñas partículas flotaban a través del mismo, logrando destellos hermosos en un panorama devastador. La luz alcanzó el cuerpo de Eva, quien estaba de pie y miraba al público.

—Calma —volvió a repetir la voz desde los labios de Eva, pero como si proviniera de todo el salón al mismo tiempo—. No hay nada de qué preocuparse.

El silencio trocó por un susurro de nervios y excitación. En eso, una voz anónima salió de la oscuridad:

—¡¿Quién habla?!

Alguno que otro intentó prender su teléfono celular, su grabadora o el dispositivo electrónico que fuese que tuvieran encima, pero ninguno de ellos parecía funcionar. Lo único visible era Eva en el medio de la sala, cabizbaja, inmutable. No obstante, la primera voz volvió a hablar, y lo volvió a hacer a través de ella:

—El que buscan. —Se la vio sonreír—. ¿Continuamos?

Eva dio media vuelta, y las luces volvieron poco a poco al salón. Ingrid se encontraba aferrada a su asiento como si acabase de ver un fantasma, con el rostro estirado hacia atrás en un espasmo y los pelos enmarañados por encima. El juez, por su parte, no se atrevió a pronunciarse ni una sola vez.

—Señora Velvet —Eva emitió ese vozarrón inconfundible, grave y bitonal—, ¿sería tan amable de explicarnos cómo es que ustedes se convirtieron en los intermediarios de Dios?

Nadie en la sala osó hablar. La conmoción todavía rezumaba por la piel de los presentes y no pudieron ni preguntarse qué acababa de suceder. Las cámaras ya funcionaban de nuevo, los programas de noticias se hicieron eco de lo sucedido y, si era que aún no transmitían el juicio, fue cuestión de segundos para que todos lo hicieran.

Ingrid tartamudeó al intentar contestar.

—¿Pe-pe-perdón? ¿Me-me estás hablando a mí? —Miró a su alrededor con intenciones de encontrar algo de lógica en lo que estaba aconteciendo. Buscó respuestas en el juez—. Su Señoría, ¿usted va a permitir que continuemos con esto después de lo que acaba de pasar? ¿No cree que pueda haber alguien heri...?

—Silencio —la interrumpió Eva con su voz grave reverberante—, nadie está herido, se los aseguro. Ahora conteste, Velvet, dígale la verdad al mundo.

Ingrid miró a Eva con desconcierto. Si todo aquello había sido una puesta en escena, estaba impresionada. Pero algo en su interior le decía que en verdad estaba frente a una situación sobrenatural.

—¿La verdad? —comenzó algo intimidada, pero tratando de no mostrarse vulnerable—. No sé de qué verdad me hablás. En serio creo que deberíamos suspender la audiencia, es peligroso estar a...

—La verdad, Velvet. *Ahora.*

Ingrid tragó saliva, pálida. Cerró los ojos y trató de dominar su cuerpo convulsivo. Tenía que volver a ser ella, no podía ceder a sus miedos más primitivos, no en ese momento. Suspiró.

—Todos saben que Dios tuvo a sus emisarios, Rosberg. Profetas, santos; algunas religiones incluso postulan que se envió a sí mismo en forma de su propio hijo.

—Ya veo —murmuró—. Y si un hombre de la audiencia se pone de pie y dice que habla con Dios...

—Bueno, en ese caso, hay todo un protocolo que seguir. No me va a hacer pisar el palito, quédese tranquila, pero si quiere le comento: no, no lo consideraríamos un esquizofrénico tan a la ligera. Hay una serie de estudios que hacer primero.

—Interesante... Pero estudios a los que, al fin al cabo, jamás fueron sometidos sus profetas, ¿cierto?

—Porque es obvio que carecíamos de la tecnología. Así y todo, los milagros que todos estos personajes históricos realizaron en el pasado exceden a la tecnología de por sí. Que un hombre pueda caminar sobre el agua, que otro cure cegueras, que uno pueda abrir un sendero a través de un mar, que resuciten a los muertos y tantos otros etcéteras, va más allá de lo inteligible. Allí radica nuestra fe.

—En lo extraordinario.

—En lo divino.

—Usando la misma lógica, el mejor mago del mundo que no se declare como tal podría hacerles creer que es un enviado del Señor.

—No sea irrespetuo...

—O tal vez un médico brillante capaz de curar enfermedades incurables por entonces.

—Señorita Rosberg, existen cientos de escrituras que relatan los mila...

—Escrituras, claro —pareció mofarse. Eva jugaba con la delgada línea entre el respeto y el sarcasmo—. Inspiración divina, ¿cierto? ¿Testigos de los milagros? Qué bien suena todo, y qué mal suena estafadores, delirantes, fabuladores, esquizofrénicos, manipuladores, maestros de la ficción. Porque, en cierta forma, y por estadística, ya que estamos, ¿qué es más prevalente: el lunático o el iluminado?

—No voy a ponerme a discutir la veracidad de las sagradas escrituras con usted, Rosberg, no merece mi tiempo.

—Sabés muy bien que no soy Rosberg.

El viento ululó impetuoso por el orificio en el techo. Pero algo aún más extraño sucedió. Esas últimas palabras resonaron con una fuerza que hasta entonces no tenían. Era tan así, que estas no fueron intrusivas desde Eva, sino más bien insurgentes, como una caldera visceral burbujeante estallando en sonidos. Lo inverosímil, sin embargo, era que aquello no sucedió solo en la audiencia, sino también en todo habitante de Copérnica, e incluso en su propio idioma.

—¿Quién sos? —preguntó Ingrid, a pesar de ya saber la respuesta.

Eva la miró con lástima.

—La ilusión mueve mundos. El mago desvía nuestra atención de donde él quiere para poder maniobrar en las sombras sin nuestro consentimiento. El arte de la manipulación es la herramienta máxima para dirigir los hilos de quienes estén dispuestos a ser títeres. Y en un mundo en el que abundan las angustias, el anhelo por un mensaje salvador es moneda corriente.

Ingrid no contestó.

Personas en todo el mundo dejaron de hacer lo que hacían para escuchar mis palabras a través de Eva. Las autopistas se

congestionaron de inmediato, pero nadie se preocupó mucho por ello. Varios conductores estacionaron a un costado del camino para poder absorber la locura que su Dios les suministraba.

Los psiquiatras se miraron entre sí con recelo, convencidos de que si a dos profesionales les sucedía lo mismo al mismo tiempo, entonces las probabilidades de un evento esquizoide colectivo tendrían que ser absurdas. Sus pacientes no dudaron en hacerles notar que ellos siempre habían tenido la razón. En los cines frenaron las películas. La paranoia se disparó en los aviones cual mensaje apocalíptico. Los exámenes se vieron interrumpidos y las cirugías, pospuestas. El mundo entero entró en suspenso.

—Ingrid, ¿cuándo fue que yo me comuniqué con ustedes? ¿Cuándo les di las leyes por las que regirse? ¿Cuándo les di el permiso para hablar en mi nombre?

Ingrid empalideció, así como casi todos los que veían a Eva parada justo frente a ella. Comenzó a temblar de una forma incontrolable, muerta de miedo, y noté que me había excedido un poco al concentrar mi mensaje en la Suma Sacerdotisa. Empero, había sido ella misma quien decidió ser la líder del cáncer del mundo.

—¿Cuándo? ¿Cuándo les pedí que bautizaran? ¿Cuándo les pedí que circuncidaran? ¿Que ayunaran? ¿Que no comieran tal o cual carne? ¿Que no trabajaran tal día? ¿Que oraran? ¿Que se casaran? ¿Que escondieran sus cuerpos? ¿Que me pidiesen perdón? ¿En qué momento osé siquiera obligarlos a que me rindieran homenaje?

Viktor regulaba que su voz se escuchara por todo Copérnica y que con esta súbita modificación del código, este no se quebrara ante inconsistencias futuras. Yo me encargaba pura y exclusivamente del discurso.

—Tengo entendido que varios consideran una ley amarme por sobre todas las cosas. Una ley, una obligación. Una regla impuesta por el simple hecho de existir. ¿Cómo se les ocurre que les pueda pedir tal cosa cuando ni siquiera me conocen? ¿Cómo forzarlos a amarme como condición para ser aprobados por mí? Si hay algo que saben muy bien es que el amor no se impone, se gana. De modo que así como no puedo pedirles que me amen, porque no me interesa, tampoco puedo pedirles que se amen entre ustedes.

Ingrid se incorporó sobre su asiento y abrió los ojos de par en par, con su piel tan blanca como la nieve.

—¿Dios?

—Llámenme como quieran, pero nunca jamás vuelvan a hablar en mi nombre —sentenció con autoridad—. No fabulen, no inventen historias, no manipulen, no mientan al necesitado. Las religiones no son malas por sí mismas, buscan transmitir buenos valores, enseñanzas sublimes, modelos de vida notables; pero empañan sus buenas intenciones con un mensaje engañoso, con promesas que no saben si pueden cumplir, con falsedades. Mantengan sus doctrinas, enseñen sus formas de ver la vida, tengan sus propias filosofías y modos de regirse, pero nunca prometan lo que no puedan asegurar. Ese es el gran problema.

—¿Entonces no fuiste vos? ¿Los profetas son una farsa?

—Y vos lo sabés mejor que nadie, Ingrid. —Eva la vio tragar saliva con vergüenza—. No suelo intervenir, son libres de cometer sus propios errores y asumir las consecuencias de los mismos. Pero de dejarlos seguir por ese camino, los condenaría a que se exterminen.

Noté que Viktor me sonreía a un costado. Levanté las manos del teclado y lo miré con una sonrisa.

—Eso fue un poco demasiado, ¿no?

—Una pizca de cliché nunca está de más —carcajeó.

—Hay que mantener las apariencias, Viktor, no interrumpas.

Y me volví hacia el monitor. Ingrid temblaba, pero no podía sacarle los ojos a Eva de encima. No sabía qué decir. No sabía siquiera si debía emitir palabra.

El mundo entero guardaba silencio. Los ateos se agarraban la cabeza, sin creer lo que escuchaban. Los religiosos abrían los ojos y miraban hacia adentro. Los ciegos veían la luz brillar, los sordos lo escuchaban todo y los mudos gritaban con violencia.

—La vida es una sola. Aprovéchenla, sáquenle el jugo, demuestren que aprecian lo que les fue dado viviéndola al máximo. Ríjanse por la moral y sus leyes civiles y penales. No escuchen supuestos mensajes divinos de dudosa procedencia, no escuchen a quienes quieran llenarles los oídos, escúchense a ustedes mismos. Esto es lo que hay, este es su regalo, no lo dejen empaquetado. No soy quién para decirles cómo vivir sus vidas, pero sí al menos puedo dejarles un único consejo: respétense. No hace falta amarse, con respetarse es suficiente. Creo que esa es la clave para que se salven.

Eva se desmayó y todas las luces volvieron a apagarse.

Capítulo 10

Nos miramos con Viktor. En su mirada estaban todos estos años de arduo trabajo, toda una vida dedicada a lograr algo que nadie había logrado antes. Lo recordé joven, pulcro y entusiasmado. Ahora estaba desarreglado, con un mechón de pelo aceitoso que le caía por delante de sus anteojos torcidos, con bolsas bajo los párpados, la camisa arrugada, el cuerpo adelgazado. Y, sin embargo, la sonrisa había vuelto a reflotar tanto en su rostro como en el mío.

—Llegó el momento —le dije con los huevos en la garganta.

—A todo o a nada —me respondió con el resto de energías que le quedaban.

Asentimos y nos abocamos a nuestras computadoras. Vi a Viktor empujar el cursor hacia un borde y luego ejecutar el programa. Cerré los ojos.

Un ruido como de turbinas comenzó a zumbar debajo del escritorio. Nunca en mi vida había escuchado a los ventiladores del procesador trabajar de esa forma. Abrí los ojos y la secuencia del código se prolongó a una velocidad exorbitante. Me era imposible seguirla con los ojos, pero Viktor movía los suyos como si fueran de camaleón, con independencia y en sacudidas rampantes, en un nivel vertiginoso al que no podía siquiera acercarme.

—Viktor... —Intenté una vez, pero el hijo de puta no me contestaba—. Viktor, mierda. —Lo zarandeé—. ¿Qué pasa?

—Pará, Alan —dijo sin desviar la mirada del monitor, con una sonrisa que crecía con cada segundo que pasaba.

—Pará las pelotas, respondeme.

—Es una locura —me contestó aún sin mirarme, pero partiéndose de risa—. ¡Mirá!

Su dedo se ubicó sobre mi pantalla y señaló el único dato que importaba: en tan solo unos segundos, habíamos sumado quinientos años al recuento inicial. Se me subió el corazón a la boca, salté sobre mi asiento y sacudí los brazos. Sentí que el cuerpo me estallaba en fuegos artificiales, me temblaba hasta el pelo, me erguía y me encogía, una y otra vez. Cualquiera que me hubiese visto en esa situación, sin contexto alguno, no habría dudado en llamar a un manicomio.

—¿Viste? —me dijo, emocionándose—. ¡No lo puedo creer, no lo puedo creer, sos brillante!

—No seas imbécil. —Le revolví el pelo y solté alguna que otra lágrima—. Nada de esto habría sido posible sin tu ayuda.

Viktor me sonrió y en ese momento tuvimos una conexión difícil de explicar. Porque ninguno sabía mucho del otro, pero después de tanto tiempo trabajando juntos, sufriendo codo a codo y logrando el objetivo uno al lado del otro, fue como si nos hubiésemos conocido de toda la vida.

Me desparramé sobre mi silla y dejé que las rueditas me alejaran un poco de la pantalla. Resoplé de alivio por primera vez en días, y el cansancio me embistió como un camión con acoplado sin frenos.

—Andá, Viktor —le dije—. Llevá las buenas nuevas abajo. Reunite con Frey, decile que está todo solucionado y que ya puede hablar con los patrocinadores. Copérnica levantó vuelo y no creo que nada la detenga.

Me miró irradiando felicidad. Lo palmeé en la espalda y se fue hecho una furia. Quedé solo en mi habitación. Y me quedé dormido.

Capítulo 11

Desperté en mi silla hecho un mar de sudor. Sentí que habían pasado tres semanas por lo profundo y vívido que había sido el sueño, pero apenas había transcurrido un cuarto de hora. Me tomé la cabeza y vi venir una jaqueca incipiente. Recorrí mis cicatrices ocultas por la mata de pelo y supe que tarde o temprano tendría que dar cierre a ese asunto. Fui hasta el cajón del escritorio y me tomé una aspirina.

Copérnica viajaba al futuro frente a mis ojos.

También me debía una charla con Eva.

—¿Eva? —Me pronuncié una semana después de la audiencia.

Era de noche. Eva leía un libro, recostada en la que solía ser su cama cuando era joven. Ya le había dado de cenar a su padre y se disponía a completar el ritual diario que realizaba antes de quedarse dormida con el libro abierto sobre su pecho. La bajada de tensión en su velador le dio una idea de lo que estaba por suceder; no obstante, mi voz terminó por sobresaltarla.

—¡Casi me das un infarto! —se enfadó. Dejó el libro a un lado y se incorporó contra el respaldo de la cama—. Te tomaste tu tiempo.

—Perdón.

—No me quejo, entiendo que estés ocupado. De un modo u otro, de vos dependen billones de personas.

—Algo así —sonreí—. Quería saber cómo estabas.

—Rara —contestó a los pocos segundos de pensárselo—. Supongo que sabrás todo lo que pasó después de la audiencia, así que me siento rara.

—¿Por qué?

—Dios y psicoanalista, quién lo diría. —Puso los ojos en blanco y supo que me había hecho reír—. Porque no logro encontrarme.

—¿Dejaste de ser quien creías que eras?

—Algo así —meditó—. Toda mi vida quise demostrar que no existías, y al final terminé por demostrar todo lo contrario. Una paradoja digna de la comedia más trágica.

—Al menos lo hiciste con estilo, ¿no creés? —intenté animarla—. Tarde o temprano ibas a ser vos quien revelara el gran misterio de la creación, y qué mejor que ser la elegida por Dios para que eso pase.

—Sí, pero siento que malgasté todos estos años. Que podría haber estado más cerca de mis padres. Que podría haber formado una familia... Nadie va a poder devolverme el tiempo perdido.

—¿Me estás pidiendo que...?

—Para nada. Ya está, lo entiendo; tenía que ser así, y así fue. Solo que me quedó la sensación de que podría haber hecho algo más con mi vida.

—Todavía estás a tiempo.

Eva me sonrió. Esta vez no se quejó de no poder verme personificado en algún objeto. Se la notaba cómoda con la forma en la que hablábamos y aquello me hizo sentir bien. Noté que quiso abrir la boca para decir algo, pero de inmediato cerró los labios para impedírselo.

—¿Qué pasa?

—Nada...

—Eva, sabés bien que me es tan fácil como leer lo que pensabas. Podés hablar conmigo con tranquilidad.

—Es que me surgió la duda...

—Decime.

—Crecí convencida de que nuestras acciones determinaban el futuro, ¿sabés? De que nosotros forjábamos nuestro propio destino, y así y todo, vos ya tenés clarísimo cómo es que termina nuestra historia. Conocés nuestro principio, lo cual es lógico, pero también sabés nuestro final. ¿Cómo puede ser que sepas cómo termina todo? ¿Nuestra vida ya está escrita? ¿Qué sentido tiene todo?

No era el momento para contestarle con la verdad, ni tampoco me consideraba quién como para saber las respuestas a esas preguntas. No obstante, sí dominaba el arte de no decir nada pero hacer pensar al otro que le había dicho todo. En otras palabras, si algo se me daba bien, eso era la política. Y su pregunta clamaba politiquería a gritos.

—Podemos guardar una manzana en un canasto y no hay que ser adivinos para saber que esta va a terminar por pudrirse. —Sonreí mientras lo escribía—. Ustedes eligen sus propios caminos, Eva, de eso no cabe la menor duda, y así y todo yo sé con exactitud qué es lo que van a hacer hasta el día en que den su último respiro. Su destino está dictaminado, pero son ustedes los que lo forjan. Yo solo quería sacar la manzana del canasto antes de que fuera demasiado tarde.

—Entonces vos, ya sabiéndolo todo, diciéndome que todavía estoy a tiempo de retomar mi vida... ¿Existe la posibilidad de que me digas cómo voy a morir?

A pesar de ser una mujer adulta, Eva seguía siendo una niña. Me dio ternura que luego de tanto alboroto, ella tuviera las mismas dudas terrenales que cualquier ser vivo con uso de razón.

—Sabés que no puedo decirte eso.

—Bueno, entonces, al menos, ¿voy a ser feliz? ¿Voy a morir de vieja junto a los que quiero? Necesito saber que va a valer la pena luchar después de haberlo perdido todo...

Casi me parte el alma. Todavía no sabía si acceder a su pedido o no, pero no me costaba nada chequear que su desenlace fuera de los felices. Después de todo, se lo debía. De modo que abrí su historia y la adelanté lo más que pude.

Mierda.

Capítulo 12

Tocaron la puerta y Eva caminó con calma hacia ella. Había pasado poco más de un mes de la conversación en su cama. Su padre leía el diario en la cocina, ajeno a lo que sucedía en el frente de la casa. Eva asomó su ojo por la mirilla y en vez de encontrarse con un rostro, se encontró con un agujero negro. No llegó ni a fruncir el ceño; el plomo acompañado de las esquirlas de vidrio destrozaron la mirilla e impactaron en su retina, arrastrándole el ojo contra el cráneo. La bala canalizó el cerebro hasta salir por el otro lado y su cuerpo cayó sin vida a un lado de la puerta, mientras su padre moría de un infarto.

No me sentí muy conforme con ese escenario, por lo que en el siguiente intento averié la mirilla un día antes de su asesinato y Eva lo notó al abrirle la puerta al cartero. Al día siguiente, cuando los perpetradores golpearon, aguardó del otro lado a que quien tocaba a la puerta se pronunciara. La entornó para comprobar que no estuviese loca, que realmente había escuchado que alguien golpeaba la puerta de entrada, justo cuando un brazo forzudo la empujó con tozudez, haciéndola volar por los aires, y abriendo la puerta de par en par. Eva, despatarrada en el suelo, recibía el golpe de gracia en el medio de la frente.

Puse una cadena de alto calibre a la puerta y la escena volvió a repetirse. Los hombres ingresaron por la cocina, balearon a su padre e hicieron con ella lo que quisieron.

Envié a Eva de viaje. Una camioneta interceptó su taxi y tanto el taxista como ella fallecieron en el acto. Desintegré balas aquí y allá, pero cada día que pasaba, un nuevo sicario se aparecía a la vuelta de la esquina. Eva estaba aterrada y el hecho de salvarla de forma constante también me consumía internamente.

No había forma de protegerla, no sin deshacerse del rencor personificado, de Ingrid Velvet. Pero ni así era posible. Ingrid había diagramado una telaraña tan colosal y brillante que hasta ella misma se volvió prescindible a la hora de acabar con mi creación más preciada.

Llevaba dos horas evitando su destino abrupto e injusto, cuando a Eva le llegó un mensaje de texto. Era de Ingrid. Y no pude evitar sentir un escalofrío, porque el mensaje no era para ella:

> Su muerte es ineludible. ¿Qué le parece si nos sentamos a negociar?

Pero para cuando terminé de leer el mensaje, alguien golpeó mi puerta. Giré sobre mi silla, aterrado.

Capítulo 13

No sé por qué pensé que tal vez se trataba de uno de los sicarios de Ingrid, pero la idea me perturbó lo suficiente como para que dudase de si acercarme o no a la puerta. En eso, la voz lánguida y sedosa de Viktor, carente de toda la tensión previa, se pronunció del otro lado:

—Alan, salgo con el equipo a tomar unas cervezas. Estás más que invitado, pero Frey te quiere en su oficina. Que andes bien.

—Gracias, Viktor. Tal vez me pase —le grité desde mi silla, y lo escuché alejarse.

¿Tomar unas cervezas con mis empleados o buscar la felicitación del jefe que me dio la oportunidad de lograr uno de mis sueños? Ya habría tiempo para reunirme virtualmente con Ingrid; el mundo real me llamaba, y yo lo necesitaba.

—Una pinta de cerveza negra, por favor —le pedí al camarero en la barra—. La más tostada que tengas. Ah, y la siguiente ronda ponela en mi cuenta.

Todos alzaron sus copas y brindaron en mi nombre, ante lo que solo pude responder con una sonrisa. Vi a Ordoñez ser el único en bajar su pinta de un solo sorbo. El tipo contuvo un eructo incipiente y me guiñó un ojo a lo lejos. No vestía los trapos que solía usar para pasar desapercibido en la plaza; casi podía decirse que

había ido de gala en comparación con lo que solía ataviarse. Lo vi hablar con empleadas de distintos grupos como si fuese un colibrí alimentándose de flores de diversos arbustos, pasándoles una mano por detrás del cuello, canturreándoles al oído, incitándolas a beber. Una basura de ser humano, pero de algún modo logró que me encariñara con él a lo largo de los años.

La cerveza estaba deliciosa. De espuma espesa y frescura inagotable. Los granos de café salían despedidos en un aroma envolvente y seductor. Hacía mucho que no bebía para festejar, lo teníamos bien merecido.

De pronto sentí que alguien me tocaba el hombro. Giré y no vi a nadie. Pero oí su voz proviniendo de las profundidades y supe de quién debía tratarse.

—Acá, Alan —dijo Adriana Palumbo desde abajo.

—Adri, ¿cómo andás? —le respondí agachándome para saludarla con un beso.

Adriana me sujetó del cuello de la camisa para que me mantuviera inclinado, de modo que pudiese hablarme al oído.

—Perdoname —dijo con vergüenza.

—¿Perdonarte?

—Por dudar de vos.

Le sonreí.

—No pasa nada, Adri.

—Sí que pasa —refunfuñó—. Tenías razón y quería pedirte disculpas.

—Adri...

La vi alejarse y perderse en la muchedumbre. Tampoco era algo tan difícil con su tamaño hormiga, pero fue bueno saber que iba a tener un problema menos atormentándome. No había sido rodeado por tal jolgorio desde que Ordoñez había alquilado los

grupos electrógenos para ver su partido y, consecuentemente, permitir el primer respiro de Copérnica. El éxito se sentía bien, y más aún cuando detrás de este se escondía tanto esfuerzo. Me hubiera gustado que Frey nos acompañase. Viktor me vio a lo lejos y supo en lo que pensaba. Le hice una seña con la cabeza y terminamos por encontrarnos en la puerta del bar.

—¿Vamos? —le pregunté con el cuerpo orientado hacia Sima y, por lo tanto, hacia la cita con Frey.

—¿Yo también? —me repreguntó sorprendido.

—Es una orden, Viktor —le sonreí.

Viktor fondeó su pinta y me devolvió la sonrisa.

Capítulo 14

Ingresamos triunfantes en su despacho. Tocamos la puerta por respeto, pero, de ser por nosotros, hubiéramos entrado a caballo como los reyes del mundo que éramos. Frey nos esperaba extasiado en su trono. Sin embargo, nos sorprendió el hecho de que no estuviera solo. Dos personas aguardaban sentadas frente a su escritorio.

—No contaba con su presencia, Bostrom —dijo Frey con una calma excepcional—. Acérquense, acérquense, háganse amigos.

Los empresarios alejaron sus sillas del escritorio para agrandar el semicírculo. Hermes nos acercó unas sillas y Viktor y yo pudimos tomar asiento en el medio. No sabía con exactitud qué o quién, pero algo me daba mala espina.

—Les presento a los responsables de Copérnica —comentó Frey a sus invitados, refiriéndose a nosotros—: Alan Sydrunas, ex fundador y CEO de Drunastech, actual director de proyectos en Sima; y Viktor Bostrom, nuestro jefe de programación.

Los hombres nos extendieron las manos y las estrechamos sin entender demasiado lo que sucedía.

—Huan Tao, de Laboratorios Amaya.

—Susana Rajoy, de la División de Antiterrorismo del gobierno.

No hizo falta que nos miráramos, pero supe que, en una suerte de telekinesis, ambos lo habríamos hecho. Frey no perdía un segundo, era impresionante.

—Tao y Rajoy son los primeros de una larga lista de clientes que están interesados en nuestro producto.

—Servicio —repliqué.

—Servicio —se corrigió Frey, y me dedicó una mirada asesina. Él era el jefe en ese momento, no debía olvidarlo—. ¿Por qué no les cuentan un poco de qué se trata todo esto?

Alejé un poco mi silla para que ambos pudieran verme con comodidad. Viktor hizo lo propio al estirar la circunferencia del semicírculo lo justo y necesario. El asiático era recio y adusto, la señora portaba una circunspección que me recordaba un poco a los primeros días de Viktor bajo mi tutela. Aclaré mi garganta.

—¿Cuánto están dispuestos a pagar?

Los invitados se miraron sorprendidos. Luego voltearon hacia Frey, quien contemplaba la escena echando humo por las sienes.

—¿Disculpe? —se atrevió a decir la señorita Rajoy.

—No le haga caso —la interrumpió Frey—. Sydrunas se caracteriza por su sentido del humor. ¿Por qué no mejor les cuenta usted, Bostrom?

Viktor me miró de reojo, buscaba respuestas. ¿Debía ceder al pedido del presidente de la empresa o debía plantarse firme junto a mí, sin importar las consecuencias? Tal vez pensara que la cerveza se me había subido a la cabeza, pero tan solo quería molestarlo un rato. Observé a Frey con malicia, haciéndole notar que no me divertía en absoluto que acaparara todo el protagonismo. Pensé en acatar la reprimenda; después de todo, hablar cuando me había privado de hacerlo no iba a hacer más que demostrar que no era él quien manejaba el circo. Y Viktor captó el mensaje sin que siquiera se lo hubiera dicho.

—Tal vez —se disculpó con timidez— sea mejor que el señor Sydrunas vuelva a intentar explicarles en qué consiste. Yo soy un simple empleado, fue él quien ideó este monstruo.

—Gracias, Viktor. —Me adelanté a que Frey pudiera protestar—. Sepan disculparme, es que la ansiedad juega un rol importante en estas circunstancias y filtrar a potenciales compradores que se caracterizan por cerrar una baja proporción de sus acuerdos se vuelve una prioridad.

Todos los allí presentes me miraron azorados. Estaba convencido de que herir el orgullo era vital para denotar autoridad en una negociación. Si bien también podía devenir en el desastre, contaba con la ventaja de que no eran nuestros únicos clientes. Siempre y cuando, claro, Frey hubiese dicho la verdad acerca de la supuesta larga lista de compradores. Debió haberme consultado primero.

—¿Qué quiere de...? —intentó Rajoy de nuevo, pero le frené el carro.

—Vamos, Rajoy, ¿o me va a decir que el trato de septiembre con Municiones Cercos Negros se cayó por irregularidades del proveedor? ¿Qué pasó con el que intentaron cerrar con LAPA, por los fusiles de asalto, allá por junio? Y la lista sigue: POF, SAKO, Minchester...

La señorita tragó saliva y retrocedió contra el respaldo de su silla. Me miró intrigada y entrecerró los ojos.

—Si su producto demuestra ser lo que aparenta, el gobierno no tiene intenciones de escatimar en gastos, se lo aseguro.

Asentí y acepté su derrota.

—Y, Tao, agradezco que haya guardado silencio, porque ambos sabemos muy bien que su lista no es menor ni por asomo.

Detrás de sus gafas, sabía que sus ojos buscaban aniquilarme con una mirada punzante y ponzoñosa, pero la indiferencia solía ser el mejor escudo.

—Paso a comentarles, entonces... —Respiré hondo y sonreí—. Copérnica es un simulador único en su especie. Recrea la humanidad a escala real, con precisión milimétrica, y permite la introducción de variables en esta de modo tal que, en cuestión de segundos, podamos ver sus resultados cientos de años después de haberse introducido.

—¿Y cuántos años es que han logrado simular hasta ahora? —intervino Tao—. ¿Qué población manejan?

Esta vez fue Frey el que interrumpió.

—Ya le digo. —Abrió su laptop y se conectó al servidor—. Exactamente... —Se tomó la barbilla y arrugó la frente—. Bostrom, acérquese un segundo.

Viktor acudió a su jefe y todos pudimos escuchar cuando le dijo al oído:

—¿Por qué mierda esto me tira que cinco mil años después del momento cero, no hay vida en la Tierra?

El momento cero al que Frey se refería era aquel en que Copérnica se equipara con nuestro presente.

Viktor se rio por lo bajo.

—Simple, señor Frey: porque, para esa fecha, los copernicanos ya la habrán desalojado.

Verlo suspirar como lo hizo me conmovió. Casi me parto de risa ahí mismo, pero logré mantener la compostura. Los invitados acrecentaron su interés de un modo gigantesco. Frey volvió a hablar:

—Más de cinco mil años, señor Tao. Espero que eso sea suficiente.

El hombre asintió y Frey ocultó su excitación con torpeza. Con el pecho henchido, asedió a sus presas de forma indirecta, eludiéndolas y dando por cerrado el acuerdo. Fue una movida audaz, pero podría haberle salido mal. Por suerte, en el medio, estaba yo.

—¿Cree usted, señor Sydrunas —comenzó haciéndose el misterioso—, que podremos ayudar a nuestros clientes?

—Que no les quepa la menor duda —contesté sin titubear—. Solo que todavía no sé bien qué es lo que necesitan de Copérnica.

Frey extendió los brazos e instó a los invitados a que se explicaran.

—Cáncer —dijo Tao sin rodeos—. Queremos su cura. Empezando por los más prevalentes, como el de mama o pulmón, y continuando por los que siguen. Estamos dispuestos a darlo todo por la receta.

Asentí acariciándome la barbilla. Sonaba razonable, pero todavía no me había puesto a pensarlo demasiado.

—Por mi parte, simulacros de terrorismo —se sumó Rajoy—. Queremos probar estrategias, armamentos, posibles respuestas de poblaciones, tecnología de punta, etcétera.

Volví a asentir. Sima volvía a la cima, tal y como Frey me lo había pedido.

—Notable, notable —acotó Hermes—. Sydrunas, Bostrom, ¿podemos dar a nuestros clientes lo que piden?

Estaba por afirmar la propuesta, pero noté que Viktor cavilaba a mi lado. Lo miré extrañado.

—No debería haber ningún problema —dijo de pronto.

Frey juntó las manos, logró una suerte de aplauso inintencionado y exhaló con alegría. Los invitados estrecharon sus manos con Frey y con nosotros, y prometieron ultimar los detalles del acuerdo en los días subsiguientes.

Una vez fuera, le di una palmada en el hombro a Viktor.

—¿Qué pasa?

—¿Con qué? —respondió luego de unos segundos.

—Te noté raro ahí al final. ¿Hay algo malo con el acuerdo?

Lo vi respirar hondo.

—No, Alan, la verdad es que no. —Se encogió de hombros—. Pero vos sabés que, para optimizar la simulación, no vamos a esparcir el cáncer a poblaciones azarosas hasta lograr una cura.

—¿Ah, no?

Hubo un tiempo en que me hubiera guardado esa pregunta para encubrir mi ignorancia, pero necesitaba saber qué traumaba a mi compañero.

—No, Alan —suspiró—. Para empezar, tendríamos que usar el momento cero para que su tecnología sea similar a la nuestra. Y después, creo que estamos todos de acuerdo con que la única forma de que se tomen cartas en salud es que las personalidades de importancia se vean implicadas.

—¿Vos decís?

—Sí, lamentablemente, sí. Las enfermedades de los pobres solo les importan a los pobres. Por eso nadie se preocupa demasiado por la malaria o la tuberculosis, pero sí por el VIH y las gripes letales: porque ellas ignoran las clases sociales.

—¿Y cuál es el gran problema con todo esto?

—Que la única forma de que las autoridades se decidan a aunar esfuerzos en la búsqueda de la cura contra el cáncer es que sean las mismas autoridades o personalidades de relevancia quienes lo padezcan. Y vos y yo sabemos quién es el ser más relevante en todo Copérnica durante este momento cero.

Recién ahí lo entendí todo.

Eva.

Capítulo 15

No sabía si era peor que la matara el cáncer o uno de los sicarios de Velvet. Quizás fuera lo primero, porque de ese modo Eva habría sentido que la había traicionado. Y mucha razón tendría. Solo un Dios cínico y vil habría sido capaz de condenarla al mismo destino que al de su hermano. Más aún luego de haberle quitado todo por lo que había trabajado en su vida.

¿Con qué cara le diría que todo su pasado fue en vano y que no le quedaba futuro? ¿Que, de hecho, en caso de que pudiese escapar a Velvet, la aguardaba una enfermedad terminal bajo la almohada?

Agarré a Viktor y lo llevé a un pasillo oscuro por el que no solía pasar nadie.

—Tiene que haber otra manera.

Viktor resopló y negó con la cabeza.

—Perdoname, Alan, pero de verdad no se me ocurre otra cosa.

—¿Justo ella tiene que ser? ¿En serio me lo decís? ¿Qué pasa con los políticos? ¿Presidentes? ¿Multimillonarios que quieran salvarse el culo?

—Claro, sí, que no te quepa la menor duda de que ellos van a ser los primeros en padecer todas las enfermedades que nos soliciten investigar. Pero te pregunto, ¿te parece que harían la diferencia?

—Obvio que sí —le respondí como si no viera algo evidente frente a sus ojos.

—Pensalo bien.

—Viktor, no es que te tome por estúpido, pero vos y yo sabemos que el uno por ciento de la población mundial, ya sea en Copérnica o nuestro mundo, reúne más riquezas que el noventa y nueve por ciento restante. Está claro que con concentrar una de las tantas plagas divinas en ese sector de la población debería ser más que suficiente para lograr los resultados que queremos.

—Y es por eso que no los obviamos, pero vos querés omitir los íconos sociales que carecen de riquezas.

—No te sigo.

—Claro. Alan, imaginate que el gobierno de pronto redistribuye los ingresos para fomentar el combate contra el cáncer. Todos aplaudiríamos la decisión; viva la ciencia, el desarrollo y toda la parafernalia que ya conocemos del populismo. También estarían los sectores afectados por los recortes que debieron hacerse para poder afrontar tal redistribución presupuestaria, claro, pero no nos concentremos tanto en ellos. Ahora bien, si a la semana se filtra que el presidente impulsó el proyecto porque se le descubrió un cáncer, entonces aquel no habría sido más que el puntapié inicial para despertar la barbarie de las masas. El fin podrá justificar los medios, pero no siempre los motivos.

—¿Y entonces? No entiendo por qué le das tanta importancia a que Eva porte o no la enfermedad.

—Porque nadie apoyaría al uno por ciento elitista que quisiera salvarse el culo, ¿pero quién no se conmovería ante la idea de que la enviada de Dios pudiera morir de cáncer? ¿Quién no secundaría un proyecto que buscara salvar a tres millones de bebés que, por ejemplo, de pronto portaran una enfermedad terminal? —No le contesté, pero tenía ganas de cagarlo a trompadas—. Alan, quieras o no, esto es una empresa, y hasta donde yo sé, hay que abaratar los costos siempre que sea posible. No podemos disparar simulaciones y evitar la que podría ser la solución más simple.

Di media vuelta y lo dejé solo. Necesitaba volver a mi habitación y retomar la conversación que había dejado inconclusa con Eva.

Capítulo 16

Volví a leer la última línea de nuestra charla y me mordí los labios. «¿Voy a ser feliz? ¿Voy a morir de vieja junto a los que quiero?». Ni uno ni lo otro, Eva querida, la vida es una mierda te encuentres en la realidad que te encuentres. Mis ansias por frontalizarme y ser honesto se desdibujaban a la hora de juntar el valor para enfrentarla. ¿Cómo podía quedarle tan poca vida a alguien con tanto potencial? Era ridículo que, siendo el Dios de su mundo, no pudiese garantizarle un mejor porvenir que el que se le aproximaba.

Todopoderoso un carajo.

—De eso mismo te quería hablar. —Escribí apenado y la vi aferrarse a la sábana, preocupada.

Era hermosa. Su cabello alborotado caía en cascada hacia los costados, ondulándose y entibiando sus hombros. Los músculos de su rostro se habían tensado ante mi comentario y su inquietud me hizo sentir la mayor de las mierdas.

—¿Qué? —preguntó agotada. Ya no le quedaban fuerzas ni para volver a sentir miedo.

—Es Ingrid.

Eva respiró hondo y bajó la mirada. Se lo había visto venir, pero jamás esperó que se lo dijese sin anestesia.

—Herimos su orgullo, ¿no? —suspiró.

—No hicimos más que sacar la verdad a la luz.

—Pero la herimos —meditó mientras meneaba la cabeza—. Y ella es el rencor personi...

—...ficado —completé la oración, y sonreí. Jamás sabría que yo la catalogaba de la misma manera—. Lo sé, y era necesario.

—¿No se puede evitar su venganza? —preguntó con un hilo de ilusión—. Si no tuviste ningún problema en evitar mi suicidio, ¿por qué no mi asesinato?

—Creeme que lo intenté.

Eva frunció el ceño sin entender. Noté que iba a preguntarme algo, pero no tenía idea por dónde empezar. Allí recordé que ella no contaba con noción alguna de cómo funcionaba el tiempo en Copérnica, de modo que borré mi último comentario y traté de evitarle cuestionamientos existenciales que no harían más que demorarnos.

—Porque ella no va a descansar hasta destruirte.

Eva bufó y revoleó las sábanas por los aires.

—¿Qué, no puede ser feliz de otra manera que privándome a mí de serlo?

Era una pregunta retórica, pero no sé por qué me vi obligado a contestarla.

—¿Creés que con eso ella busca ser feliz?

Ahora fue Eva quien se quedó callada. Se tomó su tiempo mientras rumiaba la idea en la cabeza.

—No sé —contestó al fin—. ¿No es eso lo que buscamos todos?

—Tal vez sí, tal vez no —murmuré—. Que se nace con el único objetivo de ser felices es algo que suena lindo pero que no siempre es real.

—No, ya sé que no todos van a ser capaces de alcanzar la felicidad a lo largo de la vida.

—Pero, en cambio, es cierto que todos nacen con la potencialidad de lograrlo; al menos, teóricamente hablando. Lo que quiero decir es que no todos ven en sus vidas a la felicidad como el logro mayor. Ingrid, por su parte, tal vez prefiera hacerte sufrir todo lo que le sea posible antes que ser feliz. Y moriría satisfecha de haberlo logrado. Como quienes se embarcan en misiones suicidas por religión o por amor, por patriotismo o por odio. Ellos ven en su actuar un fin mucho más funcional a ellos mismos que el de alcanzar la felicidad.

—Entiendo —interrumpió mi perorata; a veces olvidaba que Eva era adulta y no le divertía en absoluto ser sermoneada—. ¿Entonces qué sugerís? ¿Liquidarla a ella antes?

—La violencia solo engendra violencia, eso lo sabemos todos. Sin embargo, si te tengo que ser honesto, ya lo intenté. —Y volví a recordar que Eva no entendería la posibilidad de hablar en pasado acerca del futuro, de modo que debí corregirme—. Ingrid dejó todo listo como para que, con ella muerta, aún se pueda cometer tu asesinato.

—Esa puta...

—No lo podrías haber dicho mejor.

—¿Y qué vamos a hacer? —preguntó poniéndose de pie y dando vueltas por la habitación—. Pará, ¿esto es una despedida por adelantado? ¿Me estás avisando para que arme mi testamento, pedazo de basura?

—No, Eva, tranquila —me reí para transmitirle calma—. Sugiero que nos reunamos con ella. Los dos.

Eva frenó en seco. Tragó saliva y asintió con la cabeza sin hacer una sola pregunta.

Capítulo 17

Me vi obligado a repetir la secuencia en la que Eva se salvaba de múltiples intentos de homicidio, de modo tal que se repitiese el escenario en que Ingrid le enviaba un mensaje al teléfono. Volvía a advertirme sobre la imposibilidad de que ella sobreviviera y me citaba a negociar como lo había hecho en un principio. No sabía bien qué tendría para ofrecernos, pero estábamos preparados.

Eva aceptó la invitación y, acto seguido, le llegó un mensaje en el que la citaban tanto a ella como a mí, en su palacio.

Al día siguiente, Eva atravesó los hermosos jardines de la Suma Sacerdotisa, ingresó por los inmensos portones de su castillo, y se dirigió al mismo despacho en el que la había confrontado por primera vez. Ingrid aún no había sido procesada, ni tampoco nadie en su séquito. La justicia se encontraba convulsionada y no sabía bien cómo obrar en base a lo que había sucedido. No obstante, aquella era la menor de nuestras preocupaciones; ya encontrarían el camino solos.

Al entrar, Eva se topó con el mismo mural del cielo a un costado, el ventanal que daba a los jardines enfrentándolo y la vitrina gigantesca al fondo. Sin embargo, esta vez no había ningún sofá rojo en el centro de la habitación. Por el contrario, había un escritorio de madera antigua que lo reemplazaba, con Ingrid aguardándonos de pie, apoyada contra este.

Los guardias cerraron la puerta detrás de Eva y la vi avanzar con cautela por la sala. No tenía ni los nervios ni la confianza de la última vez. Se sentía ausente, dispuesta a hacer lo que le dijera, con la seguridad de que al menos en esta ocasión no moriría. Aporté calor sobre su hombro y sonrió al suponer que tenía mi mano apoyada sobre él. No estaba sola.

—Tanto tiempo sin verla, señorita Rosberg, ya la extrañaba —dijo Ingrid, abrió los brazos y simuló alegría—. Tome asiento, no se me va a quedar parada ahí.

Eva tomó asiento sin emitir ningún comentario. Su mirada tenaz intentó atravesarla, pero la Suma Sacerdotisa no se dio por aludida.

—¿Él también vino?

Eva abrió la boca, pero mi voz partió de sus labios:

—Sí.

El eco grave y oscuro de mi voz resonó por las paredes de la sala con una potencia que hasta entonces no había utilizado, haciendo tintinear las luces del techo. Quería intimidarla, pero la muy hija de puta ya no le temía a la muerte. No existía nada más vergonzoso que ser un Dios y permitir que un simple mortal te tuviera agarrado de las pelotas.

—Gracias por acudir a la cita. A ambos. Gracias en verdad. —La muy estúpida sonrió—. Qué hueso duro de roer, Rosberg, lograste provocarme un par de jaquecas, te lo admito.

—¿Qué querés de mí? —preguntó Eva, molesta.

—No, no, chiquita. —Chasqueó la lengua y negó con el dedo índice—. De vos no quiero nada, vos me importás tres carajos. Todo este tiempo no fuiste más que un instrumento, no confundamos las cosas. Yo quiero hablar con el jefe.

Iba a entrometerme, pero noté que a Eva le urgía ubicarla en su lugar a la muy irrespetuosa. Di rienda suelta a la fiera que tenía dentro.

—Pero bien que te cagué, ¿no? —Sonrió y enseñó los colmillos—. La verdad, cuando él me lo pidió, no estaba tan convencida. En serio te digo. Pero cuando te imaginé encarcelada, cuando me hice la imagen tuya pidiendo limosna en las calles, cuando pude materializar en mi mente tu imperio desmoronándose por indicación del mismo Dios, creeme que no tuve nada más que reflexionar. ¿Vos sabés la satisfacción que me produce verte tan desesperada? ¿Saber que lo único que pueda llegar a completarte es verme muerta? ¿Más sabiendo que tengo a nuestro creador de pie, a mi lado, apoyando su mano sobre mi hombro? Sos tan miserable que encontrás sosiego en esa idea absurda.

—Frená ahí, Rosberg, no te hagas la cocorita. —Ingrid sonrió y se acomodó en su asiento—. Las dos sabemos que ustedes aceptaron esta negociación por algo. No me tomen por estúpida.

—¿Cómo se te ocurre negociar con Dios? ¿No entendés que si quiere te puede borrar de un plumazo?

—Pero no lo hizo —replicó en tono sobrador—. Yo no niego que si quiere me hace explotar el cráneo, pero esto va más allá de mí. Somos millones los que estamos con sed de venganza, Eva querida. Destruiste todo lo que creamos, todo en lo que cimentamos nuestras vidas; ya no nos queda nada. Sé que es cuestión de tiempo para que este palacio nos sea expropiado, para que varios seamos encarcelados o incluso apedreados por la gente. ¿No entendés?

»Lo único que nos queda es vengarnos. Y como no podemos hacerlo de forma directa, porque Dios escapa a nuestra esfera, lo hacemos a través de vos, porque sabemos que sos su joyita, porque te eligió y porque, de lo contrario, no habría acudido a nuestra

pequeña reunión. ¿O me equivoco? Le tocamos donde más duele, y con esto no hizo más que confirmarlo.

—Silencio —intervine a través de Eva. Ingrid se sobresaltó en su lugar, pero enseguida adoptó una actitud pedante—. ¿Por casualidad te acordás de la última plaga, esa que inventaron?

Ingrid tragó saliva y meditó a qué quería llegar con eso.

—¿La del ángel de la muerte y los primogénitos?

—Esa misma. —No sabía de qué hablaba con exactitud, pero su rostro me convenció mientras lo hacía—. ¿Cuán difícil decís que me sería enviar un ángel de la muerte a que los persiga a todos y cada uno de ustedes?

Ingrid Velvet guardó silencio. Luego contestó:

—No tenés idea de la cantidad de gente que tenemos involucrada en esto. —Y carcajeó.

Me tomé un minuto para rastrear las conexiones de las palabras «Eva» y «matar» en las conversaciones de Ingrid en el último tiempo, y los resultados se arborizaron en un tamaño colosal implacable. Respiré hondo para poder incorporar lo que acababa de ver, y acepté la cruda realidad: Ingrid tenía razón, no podía deshacerme de millones de personas para tan solo salvar a Eva.

—¡¿Qué querés lograr con todo esto?! —pregunté iracundo—. Contestame, pedazo de basura. Contestame si tenés ovarios, porque ya me provocaste, y ese no fue sino el mayor de tus errores. Te espera el peor de los infiernos, Ingrid Velvet.

No tenía intenciones de crear un inframundo, pero, la verdad, no me molestaba en absoluto diseñar uno específicamente para ella.

—Desconozco hasta qué punto llegan sus poderes, Su Majestad —dijo en tono ceremonioso, mofándose de mi figura—. Evidentemente, no tan lejos como para lograr hacerme frente, pero le tengo una propuesta.

Nadie habló. Eva la miraba resignada mientras yo negaba con la cabeza del otro lado. La detestaba.

—Prometemos no tocarle un pelo a Eva, tienen nuestra palabra.

—¿A cambio de qué? —preguntamos de forma bitonal.

—A cambio de que nada de esto haya sucedido.

Silencio. El sol comenzó a ocultarse por el ventanal.

—¿Y eso qué significa? —arremetió Eva, porque yo ya lo había entendido a la perfección.

—Que la audiencia del desastre se evapore en el aire, que se vuelva el tiempo atrás y que vos nunca presentes tu caso. Que el mundo siga el curso que debió haber seguido antes de semejante intervención divina.

—P-pero... —intentó decir Eva—. Pero condenarías a la humanidad a que se autodestruya, ¿no lo escuchaste?

—Claro que lo escuché —contestó, soberbia—. ¿Pero a mí qué me importa? Con suerte viviré cincuenta años más, no me cambia en absoluto lo que vaya a suceder de acá a un milenio.

Razón no le faltaba.

Capítulo 18

—¿Y ahora qué? —me preguntó Eva a la salida.

No respondí de inmediato.

—No me vengas a dejar sola cuando más te necesito, contestame.

—No sé.

—¿Cómo que no sabés? ¿Cómo me vas a decir que no sabés? ¿Por casualidad no sos Dios? ¿Cómo te da la cara...?

Eva se llamó al silencio al ver que se acercaban otros peatones. Se escurrió dentro de un callejón idéntico al que perpetró cuando quiso quitarse la vida, y volvió al asedio.

—Tenemos que hacer algo, tiene que haber una solución. Todo esto es tu culpa.

Esta vez decidí pausar la simulación en vez de quedarme callado. Necesitaba pensar, necesitaba saber qué decirle. No podía revelarle que estaba con las manos atadas, no me lo iba a creer. ¿Cómo explicarle que Ingrid era un ser perverso pero brillante, y que por eso había logrado acorralarme contra la pared? ¿Que si accedía al trato me cagaba en mis compañeros de Sima y, por tanto, en todo lo que había trabajado? ¿En que si eludíamos a Ingrid, igual se iba a morir de cáncer?

Pero algo se me iba a ocurrir. Tenía que ser astuto. Por su bien, claro; el mío ya había dejado de importar hacía rato.

—No vamos a aceptar el trato de Velvet —terminé por decir, y Eva se tomó la cabeza.

—¿Eso significa que me voy a morir?

—No, Eva, voy a hacer todo lo que esté a mi alcance para que eso no sea necesario. Tenés mi palabra.

Eva empezó a caminar en círculos por el callejón. Intentó decir algo como quince veces, pero le era imposible expresarse dado que justo cuando iba a hacerlo, otro pensamiento igual de profundo intervenía su mente. Se tomó la cabeza y temí que estallara entre sus manos. La vi llorar con amargura. Me partió el corazón.

—Entiendo —dijo por fin, entre lágrimas—. Entiendo que tal vez puedas intentar prevenir cada uno de estos intentos de homicidio, tal y como lo hiciste en este tiempo, pero, Dios, tampoco es que pretendo vivir mi vida sabiendo que vos estás del otro lado moviendo todos los hilos para que nada se cruce en mi camino. Sería como falso...

»No quiero que mi vida sea una película, no concibo la idea de vivir un simple libreto. Quiero existir, pero quiero llevar una vida normal, saber que mis logros se deben a mi esfuerzo y no a un guiño divino. Saber que mis acciones tienen sus riesgos y consecuencias, que existe la posibilidad de equivocarse, de morir. Entiendo que tal vez suene patético, pero estoy cansada de todo esto. Estoy cansada de esta vida de mierda que me planeaste sin siquiera preguntarme.

Y volvió a quebrar en llanto. Lo distinto esta vez fue que también mis ojos se llenaron de lágrimas.

—Lo lamento mucho, Eva —dije entre sollozos, pero mi voz se reprodujo fuerte y clara en su cabeza—. En serio lo lamento, vos sabés lo mucho que significás para mí, jamás pretendí hacerte daño.

—Ya es muy tarde.

—No lo es, Eva. Yo lo voy a arreglar, soy el responsable y me voy a hacer cargo. Es lo mínimo que puedo hacer por vos.

Y cerré el programa.

Capítulo 19

Di vueltas por mi habitación como un condenado; seguramente Eva hizo lo mismo en su mundo. Cada una de mis últimas intervenciones no cambió en absoluto los miles de años que habíamos logrado desencadenar tras la audiencia, por lo que cada conversación con Eva apenas trastocaba la periferia más ínfima del desenlace de Copérnica. No obstante, por más intrascendente que se hubiera vuelto su línea, para mí lo significaba todo.

Ya muy lejos había quedado la idea de un lienzo del que aprender, de un servicio que ofrecer, de un medio para devolver a Sima a la vanguardia en simulación, de una forma de recuperarme luego de mi accidente y la debacle que conllevó este con respecto a mi vida y a mi empresa. Ahora Copérnica era mi razón de ser, pero más aún lo era Eva.

¿Qué me quedaba fuera de las paredes de mi habitación? Frey era un jefe que no me soportaba, Viktor y Adriana se habían convertido en mis amigos, pero seguían siendo mis subordinados, y ninguno parecía entender lo que Eva significaba para mí. Y no sé siquiera por qué consideraba a Ordoñez dentro de mis vínculos. No tenía nada, literalmente. Nadie me esperaba cuando llegaba a casa —que, de hecho, era Sima—, rechazaba a todo quien se aproximara lo suficiente como para descubrir quién era en verdad, no concebía la idea de formar otra familia, y no me quedaban

padres, abuelos, hermanos, tíos o primos. Estaba solo. Y la verdad era que estaba triste, carajo.

Así y todo, en el fondo sabía que todavía existía la manera de salvarla. Algo que dijo Ingrid me había quedado resonando en la cabeza: «Pero condenarías a la humanidad a que se autodestruya, ¿no lo escuchaste?», «Claro que lo escuché. ¿Pero qué me importa?».

Ingrid lo resumió todo en tan solo una frase. Lo entendió, la muy hija de puta lo entendió. Se despojó de los prejuicios, de lo que el mundo pensaba que debía hacerse, del deber moral, de todo lo que no fuera en sintonía con su bienestar. Se escuchó a sí misma, hizo oídos sordos al mundo y, por paradójico que pareciera, entendió mi mensaje a la perfección. La vida era una sola y, para vivirla mal, mejor no vivirla.

En el momento en que Eva sufriera por mi culpa, yo ya no iba a tener motivos por los que vivir. Y eso era inconcebible. No iba a suceder por segunda vez, no bajo mi tutela.

Junté valor y medité lo que por mucho tiempo rondaba por mi mente. Mierda. No sabía si funcionaría, pero de hacerlo, podría salvarla. Y no solo de uno de sus destinos, sino de ambos. Era arriesgado, pero el solo hecho de saber que existía una forma de hacerla escapar tanto de las garras de Ingrid como de las de Sima me obligaba a al menos intentarlo.

Luego de pensarlo un poco, me dirigí, sin detenerme en ningún pasillo, al sector de genética. Allí hablé con la doctora Nicita, quien, por suerte, se entusiasmó con mi propuesta. Siendo honesto, le soslayé detalles que la habrían hecho huir despavorida; no hacía falta que todos los operarios conocieran la totalidad de una maquinaria para lograr que la misma funcionara.

Dos días más tarde, cité a Viktor, Adriana y Ordoñez a que se me sumaran en una videoconferencia. Había mucho de qué hablar.

Capítulo 20

—¿Están todos? —pregunté al sumar a Ordoñez a la videoconferencia.

—Sí —dijeron Viktor y Adriana al mismo tiempo.

—Presente, profe —dijo Ordoñez, y carraspeó con exageración—. ¿Qué onda, Al? Quizás sea difícil de ubicar, pero si organizabas la charla en la sala de reuniones, te firmo que iba.

—No es eso, tarado —le respondí con simpatía—. No quiero que Frey nos vea juntos, nada más. Tengo algo en mente y no me gustaría que sospeche que conspiramos contra él, cuando nada que ver —mentí.

Adriana y Viktor se alertaron en sus asientos para luego movilizar sus laptops hacia sitios menos concurridos. Ordoñez, por el contrario, reía entusiasmado.

—¿Qué estás escondiendo? —preguntó mientras los otros terminaban de posicionarse.

—Ya les voy a contar. Antes, tengo que ponerlos a vos y a Adri al tanto de lo que pasó en los últimos días.

Viktor y Adriana pudieron ubicarse, mientras escuchaban con atención a través de sus auriculares. Cada tanto miraban de refilón hacia los costados para chequear que nadie los espiara. Temían lo que podía llegar a proponerles.

—Chicos, cálmense, no les voy a pedir nada ilegal. Pueden relajarse.

—Mierda —dijo Ordoñez, y se cruzó de brazos, aburrido.

—Alan, nos estás preocupando —intervino Viktor—. ¿Es por lo que te dije el otro día después de la reunión con Frey? Si es por eso...

—No —contesté antes de que pudiera seguir elucubrando pensamientos rebuscados—. O sea, sí y no —reí—. Dejame que les explique a los chicos.

—¿Estás bien? —se sumó Adriana a la inquisición. Podría haberme exasperado con su pregunta; no obstante, la hizo desde un frente completamente distinto al de Viktor. Viktor lo preguntó con nerviosismo. Adriana, al contrario, lo hizo más desde un lado maternal. Vislumbraba que algo escondía y trataba de ser una soga de auxilio en caso de que la necesitase.

—Estoy bien, Adri, gracias por preguntar. Mejor que nunca, de hecho.

—¿Por qué tanto alboroto? —Se cansó Ordoñez—. No sé ustedes, pero algunos somos gente ocupada.

Todos reprimimos una carcajada que él intencionalmente buscaba. Nadie le iba a dar el beneficio de saberse gracioso.

—Les explico —por fin solté, resoplando—. Estos últimos días en Sima fueron bastante movidos. Ustedes lo habrán visto desde afuera, pero desde adentro les puedo asegurar que fue un infierno. Es más, ni me acuerdo de cuándo fue la última vez que tuve tiempo para dormir.

—Lo mismo digo.

Miré a la cámara con reprobación e hice como si Ordoñez no hubiera hablado.

—En fin, no sé si Viktor habrá conversado con alguno de ustedes, pero metí mano en Copérnica como nunca para poder destrabar el problemita que teníamos.

—Problemón —acotó Viktor.

—Problemón, sí, lo que quieras —le di la razón—. Con Viktor coincidimos en que abolir la religión era el camino, después nos dimos cuenta de que eso solo aceleraba el proceso de autodestrucción, así que al final nos limitamos a demostrarles que Dios en verdad existía.

—Y por Dios, te referís a vos mismo —dijo Adriana en forma de aseveración y pregunta al mismo tiempo

—Exacto.

—Quiero decir —comenzó Ordoñez—, que antes de que vos aparecieras, adoraban a un Dios bastante más buen mozo.

—Sos un imbécil, Ordoñez.

El inútil tomó el insulto con orgullo y no pude evitar sonreírle.

—Dale, seguí.

—Bueno, para todo esto me vi obligado a crear un copernicano distinto.

—Copernicana, mejor dicho —me corrigió Viktor.

—Copernicana, sí. Con ayuda de la doctora Nicita, pudimos dar vida a una bebita a la que fui interviniendo para poder hablar con el mundo entero.

—Así que fue eso —reflexionó Adriana—. Gracias a esa copernicana pudimos simular miles de años más.

—Sí, claro, pero hubo un problemita...

Creé una pausa involuntaria que terminó por generarles ansiedad y angustia. Ordoñez, que esa tarde estaba más rápido que lo usual, saltó al cruce sin dudarlo:

—Te enamoraste.

Todos guardaron silencio. Solo se veían los ojos de los reunidos en la videoconferencia moverse de una ventanita a la otra, en

búsqueda de reacciones cómplices que confirmaran o desmintieran el comentario de Ordoñez.

Respiré hondo.

—Algo así —asentí—. Pero déjenme terminar, porque sé que no va a tener sentido a menos que me explique.

—¿En serio te enamoraste? —preguntó Viktor, ignorando mi pedido. Asentí, encogiéndome de hombros—. No tenía idea, Alan. Te pido mil disculpas, sabía que le tomaste cariño, pero jamás pensé que...

—Tranquilo, no es tan así como lo piensan. ¿Me van a dejar hablar?

—Perdoname, seguí.

Los demás asintieron con la cabeza.

—Como decía —resoplé algo agotado—, en el medio tuvimos la fiesta en el bar, les invité las cervezas y al rato fui con Viktor a entrevistarnos con Frey.

—Sí, los vi salir —dijo Adriana.

—¿Qué fiesta? —preguntó Ordoñez.

—Ordoñez, la puta madre. —Me enojé—. Frey nos reunió y nos pidió lo que ya sabíamos que nos iba a pedir: concretar el fin con el que había sido creado Copérnica.

—Genial.

—Sí, lástima que no tuve en cuenta que eso implicaba llenar de enfermedades el mundo en el que estaba Eva.

—¿Eva, dijiste? —Adriana me cuestionó extrañada.

—¿Quién es Eva? —se interesó Ordoñez.

—Sí, bueno, ahora vas a entender, Adri; y, Ordoñez, Eva es la chica esta que creé para que fuera mi intermediaria. —Tomé aire y traté de ordenar mis ideas—. ¿Ahora entienden en la encrucijada en la que estaba?

Los tres escrutaron sus pantallas, prejuiciosos. Si bien temían qué era lo que estaba a punto de pedirles, también temían que estuviera perdiendo la cabeza. Tenía que mantenerme concentrado y parecer lo más cuerdo posible para que al menos se gastaran en escucharme hasta el final.

—El tema es que nos pidieron que consigamos la cura para el cáncer —señaló Viktor, lamentándose—, y por la relevancia que había cobrado Eva en su mundo, era muy importante que ella fuera una de las primeras personalidades en padecerlo.

—Sin contar, encima, que los religiosos se la querían comer cruda —expliqué—. Le llegaron todas las amenazas que puedan imaginarse.

Todos volvieron a guardar silencio.

—Pero, Alan —comenzó Adriana, tímida y sin saber bien dónde pisar—, vos sos consciente de que Eva es el resultado de una simulación, ¿no? Una simulación que vos creaste y que todos nosotros ayudamos a construir.

—Ciento por ciento consciente.

—Números en una pantalla. —Se animó a más—: Códigos fríos desencadenados por un humano pero reproducidos por una computadora.

—Hasta ahí, Adri —la detuve antes de que pudiera decir algo de lo que se pudiera arrepentir—. ¿Y eso qué tiene que ver con lo que estamos hablando?

Abrió los ojos mientras se alejaba de la cámara. Temí haber cruzado la raya y haberla convencido de que en verdad había perdido la cabeza, pero necesitaba ser punzante para que entendieran lo que sucedía.

—No sé —comentó con timidez—, ¿todo?

Reí para bajar la tensión de la conversación. Incluso Ordoñez guardaba silencio, temeroso.

—Cuando uno lee un libro sabe que los mundos y los personajes no son más que manchones de tinta en diversas formas y siluetas sobre el papel. Así y todo, no podemos evitar encariñarnos con esos manchones, reír con ellos e incluso llorarlos a veces. Y no son más que eso: tinta sobre papel. Es nuestra perspectiva la que hace la diferencia, la capacidad de leer el código que nos quiere transmitir y aceptarlo como posible, recrearlo en nuestras mentes y asumirlo como real. ¿Quién no se enamoró de algún personaje de un libro? Tal vez la palabra enamorar resulte fuerte, pero con que unas manchas en papel hayan sido capaces de despertar tan solo una emoción, ya valida el punto que estoy queriendo remarcar.

—Pero Alan... —intentó Palumbo, en vano.

—Si con un libro eso es posible, ¿qué me van a decir de seres racionales, conscientes, idénticos a nosotros que incluso lograron engañar a una decena de especialistas acerca de su naturaleza cibernética? ¿Cuánto menos vivos están que un alga cuyo único proceso biológico de relevancia es el de la fotosíntesis? ¿Quién es más humano: ellos o nosotros? Lo único que nos diferencia es quién creó a quien.

Nadie osó contestarme. Sentía mi garganta latir acongojada, mis ojos estaban húmedos y seguro mi rostro enrojecido. Ellos me miraban taciturnos, ya no considerándome un lunático, sino que trataban de deducir cuál era la verdad en todo aquello. Cuál era su verdad, al menos.

En eso, noté que Ordoñez miraba fijo a la pantalla. De pronto, abrió los ojos tanto como pudo y salió disparado del recuadro en el que su laptop lo filmaba. Nadie supo adónde había ido, pero yo creía tener una idea.

—Chicos, no se preocupen por él —solté con una sonrisa—. Quería agradecerles por haber sido las grandes personas que son. Les deseo el mayor de los éxitos en sus carreras, pero más que nada en sus vidas. Cuiden a sus seres queridos como si fuesen sus fuentes de oxígeno, vivan cada minuto como el último y, si no están conformes con lo que están viviendo, pateen el tablero y empiecen de cero.

—Alan, ¿de qué carajos estás hablando? —largó Adriana, preocupada.

—Adri, una vez te pregunté si aceptarías teletransportarte, destruyendo tu antigua versión y reconstituyendo la nueva en otro lado, en el caso de que tu padre agonizante se encontrara en Marte y la única forma de alcanzarlo fuera por ese medio. —Hice una pausa como para que recordase el planteo—. Nunca me contestaste.

Adriana miró su pantalla sin entender. La había agarrado con la guardia baja.

—¿Y eso qué tiene que ver?

—Que yo sí lo haría, Adri. Sin dudarlo. Solo que el amor de mi vida no está en Marte, está en Copérnica.

Viktor se llevó las manos a la cabeza, mientras que Adriana no parecía querer entender. Dediqué una sonrisa a Viktor, pero él no se atrevió a mirarme.

—Alan, perdoname. —Ocultó su rostro embebido en lágrimas. Era la primera vez que veía llorar a mi amigo.

—No, perdónenme ustedes por haber tenido que llegar a esto para poder evitarlo todo. Si me escucharon hasta acá, al menos podemos estar orgullosos de que nuestras inteligencias artificiales superan la prueba de Turing, sin lugar a dudas —me reí, pero ninguno me correspondió la risa—. En serio, no se preocupen, ustedes no

tienen nada que ver. Solo espero que, llegado el momento, sepan hacer lo correcto.

Adriana frunció el ceño aún más y sacudió su laptop con violencia. Parecía que la ignorábamos, pero lo cierto era que ella no quería escuchar.

—¿De qué carajo están hablando? ¡¿Qué pasó?! ¡¿Alguien me puede dar pelota?!

—Adri —le sonreí con ternura— estoy seguro de que va a ser difícil entenderme al principio, pero si aprendí algo a lo largo de todos estos años es que no vale la pena derramar lágrimas por quien ya no está. Por fin entendí que no es uno quien deba ser irreemplazable, sino más bien los momentos vividos los que deberían serlo. Ser feliz puede ser o no un ideal para muchos, pero ciertas veces me parece algo relativo, utópico y casi siempre dependiente de la circunstancia. Ahora bien, poder llegar al lecho de muerte, ver atrás y saber que la vida valió la pena, habiendo alcanzado o no la felicidad, hoy por hoy lo considero una máxima que perseguir incansablemente.

—Alan… —intentó Adriana una última vez.

—Perdón chicos, tuve que retroceder un poco la línea temporal de Copérnica para que todo valiera la pena. No quiero hacer mucho ruido, Eva se está por despertar, y si no me equivoco, creo que es hora de su mamadera.

EPÍLOGO

Capítulo 21

Ordoñez pudo tirar la puerta abajo en el tercer intento. Vio la sangre bañar el suelo y sintió que se quedaba sin aire. El monitor estaba apagado y a un costado yacía una memoria externa con el nombre de Alan inscripto. La sangre avanzaba por debajo del escritorio desde la puerta que llevaba al dormitorio. Ordoñez fue hacia allí con el corazón desenfrenado bajo su pecho, pavoroso de encontrarse con lo que más temía. Abrió la puerta y se llevó las manos a la cabeza.

Las paredes de la habitación estaban abarrotadas por cuadros de una pequeña bebé de menos de un año. Ordoñez los miró con atención y notó que un Alan joven y risueño aparecía en varios de ellos. Cargaba al bebé en brazos con una sonrisa de oreja a oreja. No tenía idea de que Alan había sido papá. Tampoco se imaginó que su jefe había sido alguna vez tan feliz como allí se lo veía. Menos aún, contemplando su cuerpo descansar, a sus pies, plácidamente en un mar de sangre.

Mundo real, diez años antes de la creación de Copérnica

Teníamos este viaje más que merecido. Las cosas en Drunastech venían bien, éramos una empresa joven y ya le dábamos batalla a Frey y a su ejército de plagiadores en Sima. ¿Quién sino yo podía tomarse unas buenas vacaciones? El descanso me iba a venir bien, pero lo cierto era que no era yo el que lo necesitaba, no era por mí. Era por ella. Siempre todo fue por ella.

Agradecí que su madre no hubiera ofrecido resistencia en el proceso, el papelerío por la tenencia era algo por lo que no quería tener que volver a pasar en mi vida. En parte por las horas que demandaba el tema, pero principalmente por tener que lidiar con los abogados. Me enardecía pensar en las fortunas que tuve que desembolsar para lograr algo que me correspondía por derecho. Su mamá no quería tener nada que ver con ella, y yo, en cambio, estaba feliz por hacerme cargo. Sin embargo, fueron meses de lucha para poder ganar su tutela.

Eva acababa de cumplir once meses y yo, por fin, podía disfrutar de un verdadero momento entre padre e hija. Jamás hubiese pensado que sería el último. Reservé una cabaña a orillas de un lago al sur de la ciudad, armé un pequeño bolso para mí y uno más grande para ella, y me decidí a partir de inmediato.

Mientras la ponía en su asiento para bebés, traté de recordar si había que ponerla mirando hacia el frente o hacia atrás. En los cursos de embarazo nunca dijeron nada al respecto, pero tenía el presentimiento de que algo había que hacer al revés de lo normal. Boca abajo seguro que no, así que tenía que ser mirando hacia atrás. Por suerte me percaté de que había unas instrucciones al costado de su asiento y respiré profundo al ver que hacía lo correcto.

La miré largo y tendido. Era hermosa. Guardaría en mi memoria aquellos ojos despreocupados y radiantes por demasiado tiempo. Si me hubiesen preguntado, creo que no se me hubiese cruzado nunca por la cabeza decir que recién los volvería a ver, diez años más tarde, a través de una pantalla.

Mientras la peinaba en su asiento recordé a alguien decir que nosotros no existíamos para cuidar y salvar a nuestros hijos, sino que eran ellos quienes venían al mundo para salvarnos. Abroché su cinturón, besé su frente y fui hacia adelante para tomar mi lugar en el asiento del conductor. Respiré hondo, acomodé el espejo retrovisor y puse el motor en marcha.

Nunca esperé que, quince minutos más tarde, en la curva del kilómetro 134, un auto intentase sobrepasar a un camión que obstruía su camino.

Tampoco noté que, justo en ese momento, acababa de bajar la tensión de los faroles que iluminaban la ruta.

Buenos Aires, Argentina
9/12/2016

Agradecimientos

Este libro empezó siendo un cuento sobre unos jóvenes que se debatían si dar a conocer al mundo que Dios no existía, y terminó convirtiéndose en Copérnica gracias al paso del tiempo y mi pasión por la inteligencia artificial.

Pasaron quince años desde ese cuento hasta este libro. En esos años me recibí de médico pediatra, me casé, publiqué un policial, escribí mucho y conocí muchísimas personas a las que les debo, en gran parte, que hoy Copérnica esté viendo la luz del día. Si bien se dice que escribir es una actividad solitaria, muchas veces no se tiene en cuenta al que te prepara un café mientras lo hacés, al que te pasa un mate, al que te pregunta cómo viene la novela, al que se ofrece a leerla, al que te sugiere lecturas, películas, al que quiere ayudarte durante el proceso.

Dentro de esas personas están amigos que me leyeron hasta el hartazgo, pero siempre con palabras de aliento: Pato, Marto, Gabo, Ombre, Manu, Campi, Santi y Mechi. Están Lucas, Nico y Ale, esos hermanos que a su ritmo aportaron lo suyo. Están Silvi y Franco, esos cuñados que toleraron todos mis escritos. Están mis padres siempre apoyando, el resto de mis hermanos, primos y tíos, la banda de Nuestro Arcón, están Fiore y Flor que dejaron este libro de punta en blanco, Gastón y su increíble pincel, Ramiro e Ignacio que confiaron en mí, y están todos los que alguna vez me leyeron.

Gracias a todos, pero más que a nadie, gracias a ella. A Mile.

Sobre el autor

Ezequiel Martinez Wagner nació en Buenos Aires en 1992. Se recibió de médico en la Universidad de Buenos Aires, donde conoció a su esposa y ejerció la docencia, y completó su especialización en pediatría en el Hospital General de Niños Pedro de Elizalde.

Escribe desde los doce años y finalizó su primera novela a los veintiuno. Publicó su thriller El Anatomista en 2022 y cuenta con numerosos relatos y novelas de terror, drama, suspenso y ciencia ficción. Su gran referente es Stephen King y suele escribir bajo la atenta mirada de Canela, su fiel compañera de cuatro patas.

Compañeres

Ezequiel Martínez Wagner
Autor

Gastón González
Ilustrador

Florencia Giralda
Editora

Fiorella Leiva
Editora

Corte de
Verano

www.ingramcontent.com/pod-product-compliance
Lightning Source LLC
LaVergne TN
LVHW090041080526
838202LV00046B/3908